BRAVO
Herzklopfen

Rainer M. Rostock

Das Girl vom Baggersee

ORIGINALAUSGABE

MOEWIG Band Nr. 2636
Verlagsunion Erich Pabel Arthur Moewig KG, Rastatt

Copyright © by Verlag Arthur Moewig GmbH, Rastatt
Umschlagentwurf und -gestaltung: Werbeagentur Zeuner, Ettlingen
Verkaufspreis inkl. gesetzl. Mehrwertsteuer
Auslieferung in Österreich:
Pressegroßvertrieb Salzburg Gesellschaft m. b. H.,
Niederalm 300, A-5081 Anif
Printed in Germany 1989
Druck und Bindung: Ebner Ulm
ISBN 3-8118-2636-0

Das Girl vom Baggersee

Cornelia hatte die Tür zum Bad weit geöffnet, um auch hier den vollen Sound genießen zu können, und wippte auf den Zehenspitzen im Takt der Musik, während sie sich die Zähne putzte. Sie hatte die *Dirty-Dancing*-Kassette, die ihre Freundin Elke ihr überspielt hatte, eingelegt und die Stereoanlage in ihrem Zimmer auf fast volle Lautstärke aufgedreht. Es geschah selten genug, daß sie ihre Lieblingsmusik einmal mit voller Power aus den Boxen dröhnen lassen konnte. Wenn ihre Mutter zu Hause war, konnte sie ab und an schon mal etwas aufdrehen, etwa für die Dauer einer LP. Dagegen war die Toleranzgrenze ihres Vaters bei voller Lautstärke schon bei maximal einer Songlänge erreicht. Bei härteren Rockstücken à la *Van Halen* oder *Scorpions* genügten aber schon ein paar Takte, um ihn ausrasten zu lassen. Dann kam er in ihr Zimmer gestürmt und drohte, die ganze Anlage aus dem Fenster zu werfen, wenn sie diese Irrenhausmusik, wie er sich auszudrücken pflegte, nicht

augenblicklich auf unaufdringliche Zimmerlautstärke hinunterdrehte. Daß er aber den Fernseher penetrant aufdrehte, wenn Sendungen mit schmalziger Umtata-Volksmusik über die Glotze flimmerten, wollte er selber aber nicht wahrhaben.

Doch an diesem Vormittag hatte Cornelia das Reihenhaus ganz allein für sich. Ihr Vater war die nächsten Tage auf Montage, und ihre Mutter hatte endlich eine Stelle in einem Geschäft bekommen, wo sie halbtags aushelfen konnte, und da auch die Nachbarn zu beiden Seiten nicht zu Hause waren, brauchte sie sich einmal keine Gedanken um die Lautstärke zu machen.

Und sie, Cornelia, hatte Ferien! Satte sechs Wochen. Und wenn sie es recht überlegte, war sie gar nicht mal traurig, daß keine große Reise auf dem Familienprogramm stand und sie diesen Sommer zu Hause verbringen würde. Es gab auch hier genug, was sie in der Stadt und in der Umgebung unternehmen konnte, und warm

Das Girl vom Baggersee

genug war es auch. Außerdem waren viele ihrer Freundinnen genau wie sie diesmal zu Hause geblieben, so daß sie sich bestimmt nicht langweilen würde.

Und sie hatte Matthias. Er kam natürlich an erster Stelle!

Sie lächelte unwillkürlich, als sie an ihn dachte, und da sie sich dabei die Zähne putzte, wurde ihr Lächeln zu einer weißumschäumten Grimasse. Schnell spülte sie ihren Mund aus und stellte die Zahnbürste in ihren Becher zurück.

Matthias war mit seinen siebzehn Jahren ein Jahr älter als sie und ging genau wie sie noch zur Schule. Leider in einem anderen Stadtteil. Kennengelernt hatten sie sich vor ein paar Wochen in der Disco *Pretty-Flamingo*, als er sie beim Umdrehen angerempelt und ihr seine Cola über den Rock gekippt hatte.

Sie war erst stinksauer gewesen, doch als sie sein betretenes, zerknirschtes Gesicht gesehen hatte, war ihr Ärger schnell verraucht. Und als er

dann am nächsten Tag mit einem super Blumenstrauß vor der Tür gestanden und nach der Rechnung für den Rock gefragt hatte, war ihr bewußt geworden, daß er wirklich gut aussah und vor allem ein irgendwie unheimlich nettes Lächeln hatte, das bestimmt Steine zum Schmelzen bringen konnte.

Am Abend desselben Tages hatten sie sich für die Disco verabredet, und von der Rechnung für die Reinigung war danach nie mehr die Rede gewesen. Als er sie nach Hause gebracht hatte, hatte er sie geküßt, und es war der schönste, verwirrendste Kuß gewesen, den sie bis dahin bekommen hatte. Lieb und erregend zugleich. Nun, mittlerweile tauschten sie schon auch andere Zärtlichkeiten aus, die noch erregender waren...

Es war unheimlich toll, daß sie beide sich jetzt täglich sehen und zusammensein konnten und nicht mehr für die Penne zu büffeln brauchten. Sechs Wochen waren eine lange Zeit –

Das Girl vom Baggersee

wenn sie vor einem lagen. Und sie war entschlossen, jeden Tag der Ferien voll auszukosten – gemeinsam mit ihrem Matthias.

Cornelia fuhr aus ihren Gedanken auf und stutzte einen Moment. Ihr war so, als hätte es an der Haustür geklingelt. Sie streckte kurz den Kopf in den Flur, doch von Klingeln keine Spur. Sie mußte sich getäuscht haben.

Von der Dusche holte sie das Haarshampoo und zog dann die Pyjamajacke aus. Einen Augenblick musterte sie sich im Spiegel, und sie war mit dem, was sie da sah, recht zufrieden. Sie gehörte nicht zu den ausgesprochen superschlanken Mädchen, doch ihre Figur konnte sich sehen lassen. Sie hatte gut geformte Beine, eine hübsche Taille und einen Busen, auf den sie stolz sein konnte – und auch war. Ihre Brüste waren voll und fest und reckten sich keck nach oben. Auf einen BH konnte sie gut verzichten. Ihr Busen hatte auch ohne eine tolle Form.

Cornelia löste sich von ihrem Spiegelbild,

mit dem sie ganz zufrieden sein konnte, und steckte den kurzgeschnittenen blonden Haarschopf unter den Wasserhahn.

Gerade hatte sie den Schaum des Shampoos aus ihrem Haar gespült und zum Frotteehandtuch gegriffen, als sich zwei Hände um ihre nackte Taille legten.

Zu Tode erschrocken schrie sie auf, riß das Handtuch vom Kopf und fuhr herum. Vor ihr stand Matthias.

Er war mittelgroß, gut gebaut, schwarzhaarig und an diesem Sommermorgen mit einer Khaki-Leinenhose und einem grünen Polohemd mit weißem Kragen bekleidet.

»Matthias!« stieß sie mit einem Seufzer der Erleichterung hervor und setzte sich auf den Rand der Badewanne, das Handtuch vor ihrer Brust.

»Sag bloß, ich hab' dich erschreckt, Conny?« fragte er, und ein fröhlich-spöttisches Lächeln lag auf seinen Lippen.

Das Girl vom Baggersee

»Na klar hast du das! Ich hab' fast einen Herzanfall bekommen!« stöhnte sie. »Wie bist du denn überhaupt ins Haus gekommen?«

»Ich hab' Sturm geklingelt, aber du hast mich offensichtlich nicht gehört. Kein Wunder, wo du deine Anlage so aufgedreht hast«, sagte er lächelnd. »Ich bin dann ums Haus gegangen. Die Küchentür stand auf, und da war ich so frei.«

»Und was wäre, wenn du meinem Vater oder meiner Mutter in die Arme gelaufen wärst?«

»Auch wenn du mir nicht erzählt hättest, daß dein Vater auf Montage ist, hätte ich auch so gewußt, daß du allein im Hause bist«, erklärte er mit einem breiten Grinsen. »Die Musik kann man nämlich noch draußen auf der Straße hören.«

Sie lachte. »Gut kombiniert.«

»Willst du mir keinen Kuß geben?« fragte er und trat auf sie zu.

Lächelnd stand sie auf, das Handtuch noch in der Hand. »Mhm, du hast mich nur mit deinem plötzlichen Auftauchen völlig von den Socken geholt.«

»Du hast doch gar keine an«, sagte er scherzhaft mit einem Blick auf ihre bloßen Füße. »Du hast ja eigentlich so gut wie gar nichts an, Conny.«

»Gib mir zwei Minuten, und ich ändere das.«

Er schüttelte lächelnd den Kopf. »Kommt gar nicht in Frage. Wer so spät aus dem Bett kommt und dann auch noch so herumläuft, während die Anlage auf vollen Touren läuft und die Tür zum Garten hin offensteht, der darf sich über Überraschungen nicht wundern...«

Er legte seine Arme um sie und zog sie an sich. Ihre Lippen trafen sich, und zärtlich küßte er sie, während seine Hände auf ihren nackten Schulterblättern lagen. Er streichelte sie, während sie nun das Handtuch fallen ließ und die Umarmung erwiderte. Deutlich spürte er die Spit-

Das Girl vom Baggersee

zen ihrer Brüste durch den dünnen Stoff seines Hemdes hindurch, und seine Hände fuhren abwärts, glitten mit den Fingerspitzen über ihre glatte, warme Haut. Sie verharrten kurz am Bund der Pyjamahose, dann legte er seine Hände auf ihren Po, während sie sich noch immer leidenschaftlich küßten und ihre Zungen miteinander spielten.

»Mhm, so lasse ich mir den Tagesbeginn gefallen«, sagte er, als sie sich gegenseitig eine Atempause gönnten und ihre Lippen sich voneinander lösten. Seine Hände ruhten aber immer noch auf ihrem Po.

Sie lächelte. »Schön, daß du mich so überrascht hast«, sagte sie. Eigentlich waren sie erst für elf verabredet gewesen. Deshalb hatte sie auch so herumgetrödelt. »Frühstücken wir zusammen? Meine Mutter hat frischen Rosinenstuten gekauft.«

Er zögerte. »Wenn du möchtest...«

»Du, geh doch schon mal in die Küche und

stell die Kaffeemaschine an. Ich mach' mich indessen schnell fertig.«

»Bin gar nicht so wild darauf, daß du dich so schnell fertigmachst«, sagte er gedehnt und streichelte sie. »Ich mag dich in dem Pyjama. Du siehst darin richtig sexy aus. Und ohne alles ist es noch toller.«

Cornelia schmunzelte. »Die Haare muß ich schon ein bißchen trocknen. Aber ich versprech' dir, daß ich mich noch nicht anziehe. Ich laß den Pyjama an, okay?«

»Okay«, sagte er und gab sie widerstrebend frei.

Sie schob ihn aus dem Bad. »Du wirst ja wohl wissen, wie man Kaffee macht. Du findest alles im Schrank direkt über der Kaffeemaschine.«

»Sehr wohl, Mylady!«

Cornelia lächelte vor sich hin, während sie ihre nassen Haare schnell frottierte, durchkämmte und ein wenig Gel benutzte. Dann verrieb sie auf ihrer Haut etwas von der teuren

Das Girl vom Baggersee

Tagescreme ihrer Mutter, die einen Superduft hatte. Sie freute sich, daß Matthias schon so früh gekommen und sie überrascht hatte.

Ein kribbelndes erregendes Gefühl erfüllte sie, als sie dann zu Matthias in die Küche kam – nur mit ihrem satinglänzenden Pyjama bekleidet und in dem Bewußtsein, daß sie das ganze Haus für sich allein hatten. »Der Kaffee ist noch nicht ganz durchgelaufen«, sagte er.

»Hast du Hunger?« fragte sie und wollte zum Kühlschrank.

Er griff nach ihrer Hand und zog sie wieder zu sich. »Ja, aber nicht auf Rosinenstuten, sondern auf dich«, sagte er leise und küßte sie.

Sie sah ihm in die Augen. »Es ist schön, daß du gekommen bist.«

Die *Dirty-Dancing*-Kassette war abgelaufen, und es war auf einmal so unheimlich still im Haus. Nur das Gurgeln der Kaffeemaschine hinter ihnen war zu hören.

»Wollen wir nicht ein bißchen zu dir ins Zim-

mer gehen?« schlug er mit leicht belegter Stimme vor. »Ich möchte so gern mit dir schmusen, Conny. Möchtest du es auch?«

»Ja«, antwortete sie nur, und Hand in Hand gingen sie die Treppe hoch in ihr Zimmer, in dem die Vorhänge noch zugezogen waren.

Sie sanken auf ihr Bett, umarmten und küßten sich.

»Ich glaube, ich muß mir nachher die Haare noch einmal waschen«, sagte sie, als er durch ihr Haar fuhr.

»Wir können ja wieder zusammen duschen«, schlug er vor. Sie hatten das vor einer Woche getan, als sie bei ihm gewesen war, und es war wahnsinnig toll gewesen, sich gegenseitig einzuseifen und unter der Dusche zu liebkosen, sich unter dem Wasserstrahl zu streicheln und zu küssen.

»Du bist ein richtiger Verführer«, seufzte sie.

»Magst du es denn nicht?«

Sie lächelte. »Oh, doch ... mit dir schon.«

Das Girl vom Baggersee

Er küßte sie und knöpfte ihr dabei die Pyjamajacke auf. Sie richtete sich kurz auf, damit er sie ihr von den Schultern streifen konnte.

Einen Augenblick betrachtete er sie bewundernd, dann streckte er die Hand nach ihr aus und strich erst ganz sanft über ihre Brüste. Leicht wie eine Feder glitt die Kuppe seines Zeigefingers über ihre Haut. Dann umfaßte er sie und begann sie sanft zu drücken.

Cornelia hatte ihm das Polohemd aus der Hose gezogen und erwiderte seine Zärtlichkeiten. Doch als er sich über sie beugte und ihre Brust mit seinen Lippen umschloß, schloß sie die Augen und gab sich ganz ihren erregenden Gefühlen hin.

»Matthias!« stöhnte sie leise auf, als sie seine Zunge spürte.

Matthias entledigte sich wenig später schnell seines Polohemdes, und dann öffnete sie die Schnalle seines Gürtels. Unter der Leinenhose trug er einen knappen schwarzen Slip, den sie

ganz sexy fand. Sie stand nicht auf die weiten Boxershorts, die zur Zeit in und ihrer Meinung genauso einfallslos und unerotisch waren wie lange Unterhosen oder Strumpfhosen.

Sie hatten schon oft nackt zusammen im Bett gelegen und Petting gemacht. Doch es war für Cornelia jedesmal genauso aufregend und mit Herzklopfen verbunden wie beim erstenmal.

Matthias schob seine Hand unter den Bund ihrer Hose und schob sie ihr dann langsam von den Hüften. Sie lachte, als sich ein Beinende um ihren Fuß verfing und sie regelrecht strampeln mußte, um sich völlig von der Hose freizumachen.

»Du siehst zum Verrücktwerden schön aus«, sagte er, als er sie ansah und mit einer Hand von ihrem Knie bis hoch zur Brust strich.

»Oh, dann werd' ich mich am besten schnell wieder anziehen«, scherzte sie. »Denn ich will ja nicht, daß du durchdrehst.«

»Wenn du dich jetzt wieder anziehst, drehe

Das Girl vom Baggersee

ich erst recht durch«, gestand er und streichelte die Innenseiten ihrer Schenkel. »Magst du es so?«

»Mhm, ja... sehr sogar. Aber wenn ich nackt bin, möchte ich, daß du es auch bist.«

»Das liegt alles in deiner Hand, Conny«, erwiderte er.

Sie legte ihm die Hände auf die Hüften und lächelte, während sie ihm den Slip auszog. Die Verlegenheit, die sie anfangs gehabt hatten, wenn sie den Blicken des anderen völlig nackt ausgesetzt gewesen waren, gab es bei ihnen nicht mehr. Sie schämten sich nicht mehr, sich so zu zeigen, und sie schämten sich auch nicht mehr der natürlichen Reaktionen ihrer Körper.

Mit behutsamer Zärtlichkeit verwöhnten sie sich gegenseitig und steigerten sie ihre Erregung. Es gab auch Minuten, wo sie ganz ruhig und engumschlungen dalagen, sich nur festhielten und küßten.

»Ich liebe dich, Cornelia«, flüsterte er ihr zu, als ihre Hände ihn liebevoll erregten.

»Und ich dich, Matthias«, gab sie zurück und gab ihm einen Kuß auf den Bauchnabel.

Er versuchte erst gar nicht, ein Stöhnen zu unterdrücken, als ihre Hände seinen Körper in leidenschaftlichen Aufruhr versetzten. Er sog den Duft ihres Körpers ein, schmeckte ihre Haut auf seinen Lippen und wünschte, der herrlich sinnliche Sturm seiner Gefühle möge nie ein Ende nehmen.

Später dann, als sie erhitzt, aber wunderbar entspannt waren und Cornelia an ihn geschmiegt lag, den Kopf auf seiner Brust, atmete Matthias tief durch.

»Woran denkst du, Matthias?«

»Daß ich so gern mit dir schlafen möchte«, sagte er ruhig.

Sie erschrak nicht, zuckte auch nicht zusammen, denn dieser Wunsch war nichts Neues.

Das Girl vom Baggersee

Wenn sie so wie jetzt zusammen waren und Petting machten, wuchs auch in ihr das Verlangen, bis zum Letzten zu gehen und mit ihm zu schlafen. Sie hatten auch schon mehrmals darüber gesprochen. Und sie hatte sogar in ihrem geheimsten Fach mehrere Kondome versteckt, die er einmal mitgebracht hatte. Sie hatte wissen wollen, wie das mit diesen Verhütungsmitteln so funktionierte, weil doch die Schreckensmeldungen über AIDS ständig im Fernsehen kamen und in den Zeitungen zu lesen waren. Safer Sex. Davon las man doch überall – und Kondome waren regelrecht gesellschaftsfähig geworden. Man bekam sie schon längst nicht mehr nur in Sex-Shops oder auf den Toiletten, sondern konnte sie an Straßenautomaten ziehen – wie Zigaretten und Kaugummi. Seit ein paar Monaten hing so ein Kondom- Automat sogar gegenüber ihrer Schule an der Hauswand neben einer Drogerie. Erst hatte es darüber eine Menge Scherze gegeben, aber letztlich hatten es doch

alle gut gefunden, daß damit ein Tabu durchbrochen wurde.

Ja, sie hatte wissen wollen, wie das mit einem Kondom war, und so hatten sie das dann bei einem Schmusenachmittag eben ausprobiert – jedoch ohne dabei wirklich miteinander zu schlafen. Daß sie diese Präservative in greifbarer Nähe hatte, daran hatte sie vorhin selber gedacht, als auch sie den Wunsch verspürt hatte, sich nicht mehr nur mit Petting zu begnügen. Aber sie hatte der Versuchung widerstanden, und jetzt war sie froh darüber.

»Ich würde es auch gern«, sagte sie nun ehrlich. »Aber ich weiß nicht, ob das richtig wäre. Es ist doch auch so schön, oder?«

»Natürlich«, sagte er und streichelte ihre Brüste, als sie sich über ihn beugte. »Aber irgendwie fehlt doch etwas.«

»Es ist aber auch schön, wenn es noch etwas gibt, auf das man sich freuen kann, findest du nicht?« erwiderte sie.

Das Girl vom Baggersee

»Na, ja...«

»Ich glaube nicht, daß andere es schon so schön zusammen haben wie wir«, sagte sie zärtlich. »Bei dir schäme ich mich überhaupt nicht.«

»Dafür gibt es doch auch gar keinen Grund.«

Cornelia erinnerte sich an ihre kurze Freundschaft mit Horst. Das war drei, vier Monate gewesen, bevor sie Matthias kennengelernt hatte. Mit Horst war sie nicht so weit gegangen, wie sie das jetzt mit Matthias ganz natürlich fand. Und doch hatte sie sich jedesmal irgendwie verlegen gefühlt und es vorgezogen, mit ihm im Halbdunkel oder am besten noch im Dunkeln Petting zu machen.

Doch mit Matthias war das anders. Bei ihm schämte sie sich ihrer Nacktheit nicht und kannte auch keine Verlegenheit oder Berührungsängste, was seinen Körper anging. Sie mochte es, ihn zu spüren und mit Mund und Händen zu liebkosen.

»Ja, früher hätte ich wirklich nicht gedacht, daß ich es mal so schön finden und dabei gar nicht verlegen oder gehemmt sein würde«, sagte sie, ohne ihren früheren Freund zu nennen.

»Ich auch nicht«, gab er zu. »Aber gerade wenn man sich so mag, so richtig ernst liebt, wie wir es tun, dann wird das Miteinanderschlafen bestimmt zu einem Supererlebnis. Und ich möchte so gern richtig mit dir zusammensein. Ich meine, mit sechzehn und siebzehn ist man doch kein kleines Kind mehr.«

Sie lächelte verhalten. »Da hast du meinen Vater noch nicht gehört. Ich glaube, der würde dich in der Luft zerfetzen, wenn er wüßte, daß wir so wie jetzt zusammen sind. Am liebsten würde er mich noch als Jungfrau vor den Traualtar treten sehen.«

»Und du?«

Sie zuckte die Achseln. »Ich weiß nicht...«

»Was weißt du nicht?« fragte er nach.

»Ich hab' mir eigentlich noch keine intensi-

Das Girl vom Baggersee

ven Gedanken darüber gemacht«, antwortete sie nach kurzem Überlegen. »Aber ganz allgemein habe ich weder für das eine noch für das andere etwas übrig.«

Er runzelte die Stirn. »Spricht jetzt das Orakel von Delphi zu mir?«

Sie lachte. »Ich meine, ich finde es nicht falsch, wenn man als Jungfrau in die Ehe geht, und ich finde es genausowenig falsch, wenn man vorher schon Erfahrungen gemacht und mit jemandem geschlafen hat.«

»Na, ich weiß nicht. Bevor man heiratet und sich damit doch für sein Leben bindet, sollte man doch auch wissen, ob man auch im Bett zusammenpaßt. Das ist doch ganz wichtig, wenn man nicht eine bittere Enttäuschung erleben will«, wandte er ein.

»Ja, der Meinung bin ich auch«, stimmte sie ihm zu, und ein kaum merkliches Lächeln umspielte ihre Lippen: »Aber würdest du behaupten wollen, du wüßtest inzwischen noch

immer nicht, ob wir beide gut zusammen auskommen könnten, nur weil wir noch nicht miteinander geschlafen haben?«

Er dachte daran, wie lieb und zärtlich sie gerade zu ihm gewesen war, und daß sie nicht weniger leidenschaftlich und hingebungsvoll sein würde, wenn sie sich bis zum Letzten lieben würden. »Na ja, daß du nicht gerade frigide bist, weiß ich natürlich schon«, flachste er.

»Du elender Schuft!« gab sie sich empört. »Dir werd' ich es zeigen!«

»Um Himmels willen! Conny! Du tust mir weh! Das kannst du mir doch nicht antun, wo ich so kinderlieb bin!« bettelte er.

Sie zog ihre Hand zurück. »Ob ein Mädchen schon mit fünfzehn, sechzehn ihre Jungfernschaft verlieren möchte oder erst in der Hochzeitsnacht mit fünfundzwanzig, das muß jeder für sich selbst entscheiden, und es kommt garantiert immer auf den richtigen Zeitpunkt an.«

»Weißt du, das ist mir ein bißchen zu global«,

sagte er mit einem Anflug von Ungeduld. »Es geht doch hier um dich und mich und nicht um Prinzipien oder so.«

»Doch, um die geht es auch.«

»Du meinst, du bist aus Prinzip dagegen?« fragte er.

»Nein, das' hab ich nicht gesagt. Ich habe nur gesagt, daß das jeder für sich entscheiden muß, wann für ihn der richtige Zeitpunkt gekommen ist.«

»Und für dich ist er noch nicht gekommen, meinst du?« fragte er nach. »Obwohl du mich liebst und weißt, wie sehr ich dich liebe?«

Sie schwieg einen Augenblick. Dann richtete sie sich etwas auf, stützte sich auf einen Ellenbogen und berührte seine Lippen mit dem Zeigefinger. »Du darfst mir nicht böse sein, Matthias, aber der richtige Zeitpunkt ist meiner Meinung nach noch nicht gekommen – obwohl es so ist, wie du gesagt hast. Das heißt nicht, daß ich in ein paar Wochen oder Monaten ganz

anders darüber denke. Aber im Augenblick möchte ich, daß wir es nicht tun.«

»Weil du dir deiner Gefühle doch nicht ganz so sicher bist, nicht wahr?« Er sagte es mit einem Anflug von Vorwurf.

Cornelia wünschte, er hätte das nicht gesagt. Es war so ein wunderschöner, zärtlicher Morgen gewesen, und nun drohte er das alles mit ein paar Sätzen kaputt zu machen.

»Warum sagst du so etwas?« fragte sie leise.

»Weil wir nicht mehr im Mittelalter leben«, erwiderte er brummig.

»Und deshalb kannst du nicht länger damit warten?« fragte sie und fühlte sich ein wenig verletzt von seinen Worten.

Er wich ihrem Blick aus und setzte sich auf, machte eine vage Handbewegung. »Ich... ich versteh' das nur nicht, Conny. Ich meine, warum du gerade da die totale Grenze ziehst, obwohl es von dem, was wir vorhin gemacht

Das Girl vom Baggersee

haben, bis zum Miteinanderschlafen doch nicht mehr weit ist.«

»Da bin ich anderer Meinung«, widersprach sie und ärgerte sich insgeheim, daß er ihr das Gefühl gab, sich verteidigen zu müssen. »Und ich dachte, du würdest es auch so empfinden... oder zumindest doch verstehen, warum ich das für etwas Besonderes halte.«

Er atmete tief durch, griff zu seinem Slip und zog ihn an. »Okay, okay, war ja nicht so gemeint«, sagte er, was nicht ganz der Wahrheit entsprach. »Ich hab ja auch nur geantwortet, als du mich gefragt hast. Vergessen wir's.«

»Nein, das finde ich aber nicht gut. Es zu vergessen, bringt doch nichts«, erwiderte sie ungehalten. »Wir haben doch abgemacht, über alles zu reden und zwar wirklich über alles.«

»Haben wir doch, und mehr fällt mir dazu eben nicht ein«, sagte er mit einem leicht verdrossenen Unterton in der Stimme.

»Mir aber schon«, sagte sie.

Er saß auf der Bettkante und drehte sich nun zu ihr um. »So? Was denn?«

»Daß ich dich ganz lieb habe und es wunderschön mit dir war – auch wenn wir nicht miteinander geschlafen haben«, sagte sie zärtlich. Sie wollte nicht, daß ihr schönes Zusammensein mit diesem Mißton endete. »Du warst so irre lieb zu mir, daß ich richtig auf einer rosaroten Wolke geschwebt habe.« Sie beugte sich vor, schlang ihre Arme von hinten um seine Brust und küßte ihn auf die Schulter.

Einen Augenblick schien er unentschlossen, dann legte er seine Hände auf ihre und sagte: »Ich hab' ja auch nicht behauptet, daß es nicht schön mit dir war, sondern nur, daß ich es mir einfach noch schöner vorstellen kann... und daß wir keine kleinen Kinder mehr sind, die nicht wissen, was sie warum tun.«

»Laß mir noch ein wenig Zeit«, bat sie ihn eindringlich. »Ich weiß, daß es sehr schön sein wird, doch nur dann, wenn ich es auch selber ehrlich will und mich nicht dazu gedrängt fühle.«

»Alles klar«, brummte er.

»Laß uns jetzt schön frühstücken, ja?« wechselte sie das Thema und bemühte sich dabei um einen fröhlichen Tonfall, als hätte es diese Mißstimmung zwischen ihnen nicht gegeben.

»Okay, eine Tasse...« Matthias brach mitten im Satz ab, als unten eine Tür vernehmlich ins Schloß fiel.

Jemand hatte das Haus betreten!

Und sie hockten beide mehr oder weniger nackt auf dem Bett!

»Conny?« rief eine Frauenstimme.

Cornelia wurde blaß. Ein Alptraum war wahr geworden. Sie hatten sich allein und sicher im Haus gewähnt, und nun stand plötzlich ihre Mutter im Flur!

»O mein Gott!« stieß sie erschrocken hervor. »Das ist meine Mutter!«

»Was machen wir jetzt bloß?«

»Ich weiß nicht.«

»Ich lauf' schnell ins Bad hinüber und schließ' mich ein!«

»Und wenn meine Mutter ausgerechnet ins Bad will?« wandte sie ein, während sie vom Bett sprang und mit zitternden Händen ihre Pyjamahose vom Boden aufhob.

»Dann sag ihr doch, daß ich gerade gekommen bin und schon mal den Kaffee gekocht habe«, flüsterte er hastig zurück.

»Meine Mutter ist doch nicht auf den Kopf gefallen! Die wird sich ihren Teil schon denken, wenn sie mich mit verwuscheltem Haar und nur im Pyjama aus dem Zimmer kommen sieht. Nein, du mußt dich hier im Zimmer verstecken. Am besten da drüben im Einbauschrank. Ich gebe dir ein Zeichen, wenn die Luft rein ist!«

»Das klingt nach einem schlechten Witzfilm!«

»Conny?... Bist du schon auf?« kam die Stimme ihrer Mutter von unten.

»Ja, ich komm' schon!« rief sie zurück und

Das Girl vom Baggersee

raunte Matthias zu: »Du hast da massig Platz.« Und bevor er noch etwas antworten konnte, hatte sie sich ihr Pyjamaoberteil geschnappt. Sie zog die Jacke schnell über den Kopf, während sie aus dem Zimmer in den Flur lief. Ihre Mutter durfte auf keinen Fall zu ihr hochkommen!

Frau Reinhardt stand schon unten am Treppenabsatz. »Sag bloß, ich hab' dich aus dem Bett geholt?« fragte sie mit Blick auf den Pyjama und zog dann die Augenbrauen zusammen, als sie das nasse, aber zerzauste Haar ihrer Tochter sah.

»Ja und nein«, sagte Cornelia und zwang sich zu einem schuldbewußten Lächeln und suchte fieberhaft nach einer logischen Erklärung für ihr Aussehen. »Ich war schon auf und hab' mir Kaffee gemacht. Ich hab' mir die Haare gewaschen und wollte mir dann nur noch ein paar Songs im Bett anhören. Na ja, und da muß ich dann noch einmal eingeschlafen sein.«

»Das sieht dir ähnlich«, sagte die Mutter belustigt.

»Aber wieso bist du denn wieder zurück?« lenkte Cornelia schnell von sich ab. »Ich dachte, du mußt heute in der Boutique am Marktplatz anfangen? Ist da irgend etwas schiefgegangen?«

Frau Reinhardt schüttelte den Kopf. »Nein, ich hatte nur vergessen, daß Frau Irbusch, die Besitzerin, heute morgen noch einen Termin beim Zahnarzt hatte und nicht wußte, wie lange es mit ihrer neuen Krone dauern würde. Ich stand vor verschlossenen Türen. Sie hat mir letzte Woche gesagt, in dem Falle solle ich um elf wiederkommen. Bis dahin wäre sie bestimmt zurück.«

Cornelia schielte unwillkürlich auf ihre Uhr. Es war jetzt gerade halb zehn. Gut möglich, daß ihre Mutter erst um kurz vor halb elf das Haus wieder verließ. Matthias würde bestimmt Blut und Wasser schwitzen. Aber das sollte er nur. Er hatte es verdient!

»Schön, daß wir so doch noch Zeit haben, um zusammen zu frühstücken«, sagte ihre Mutter und ging in die Küche. »Eine Scheibe Brot und eine Tasse Kaffee kann ich auch noch vertragen. Heute morgen war ich so in Eile.«

Cornelia zögerte kurz, was sie tun sollte. Aber was für eine Wahl hatte sie denn? Gar keine! Und so folgte sie ihrer Mutter, die das Radio angestellt hatte, in die Küche, schloß die Tür hinter sich, half ihr beim Aufdecken und setzte sich zu ihr an den Tisch.

Sie mußte ständig an Matthias denken, wie sie sich gestreichelt hatten, was er dann später über das Miteinanderschlafen gesagt hatte, und wie es ihm jetzt wohl da oben in ihrem Zimmer ging.

»Conny!«

Sie schreckte aus ihren Gedanken auf. »Ja? ... Was hast du gesagt?«

»Ob du unter Tagträumen leidest, Kind? Ich habe dich nun schon dreimal gefragt, ob du noch eine Scheibe Stuten willst, doch du hast nur durch mich hindurchgeguckt.«

»Oh, tut mir leid, Mutti. Ich war mit den Gedanken woanders.«

»Ja, das hat man gesehen. Bestimmt bei deinem Matthias.«

»Und wenn schon?« fragte Cornelia fast trotzig. Sie mochte es nicht, wenn ihre Mutter von »ihrem Matthias« sprach. Das hatte stets einen spöttisch duldsamen Unterton.

»Seht ihr euch nachher?«

»Mhm«, machte sie vage.

»Hör mal, mein Kind, ich vertraue darauf, daß du keine Dummheiten anstellst!«

Cornelia wurde bei dem ernsten Ton und dem forschenden Blick ihrer Mutter rot im Gesicht. »Was willst du damit sagen?«

»Daß ich das Haus so ordentlich wieder anzutreffen wünsche, wie ich es verlassen habe, wenn ich nachher zurückkomme. Ich habe nichts dagegen, wenn du dich mit deinen Freunden und Freundinnen triffst. Aber durch das Haus getobt und Unordnung gemacht wird nicht!«

Das Girl vom Baggersee

Cornelia verkniff sich ein Grinsen. Wenn das die größte Sorge ihrer Mutter war! »Natürlich nicht! Bei so einem Wetter haben wir sowieso besseres zu tun, als drinnen zu hocken«, versicherte sie und hatte das Bild vor Augen, wie sie mit Matthias nackt und engumschlungen auf dem Bett lag.

Kurz nach zehn leerte ihre Mutter ihre Kaffeetasse. »Ich glaube, ich fahr' besser jetzt schon. Sie wird inzwischen ja wohl vom Zahnarzt zurück sein. Sei so lieb und räum' gleich den Tisch ab, ja?«

»Wird gemacht«, versprach Cornelia. Doch sowie ihre Mutter die Haustür hinter sich zugezogen hatte, lief sie nach oben und stieß die Tür auf.

»Okay, die Luft ist rein!« rief sie gedämpft. »Du kannst aus deinem Versteck rauskommen. Ich hoffe, dir ist die Zeit nicht zu lang geworden!« Doch kein Matthias kam aus dem Wandschrank. Und dann sah sie den Zettel auf dem Schreib-

tisch: Warte im *Casablanca* auf Dich! Statt dort im Schrank auszuharren, hatte er sich klammheimlich davongestohlen. Und sie hatte ihn insgeheim schon wieder bemitleidet!

Irgendwie ärgerte es sie.

Im Café *Casablanca* herrschte Hochbetrieb. Man merkte, daß die großen Sommerferien begonnen hatten. Wer nicht mit den Eltern weggefahren war, traf sich hier auf ein Milchshake, ein frühes Eis oder auf ein Sandwich. Sandwiches mit verrücktesten Zutaten waren eine Spezialität des *Casablanca*. Tonio, der Besitzer, war darin einfach unschlagbar – und das traf auch auf die Auswahl seiner Musik zu. Er hätte einen guten DJ abgegeben.

Als Cornelia ihr Mofa abstellte, sich den Helm unter den Arm klemmte und das Café betrat, winkte sie einigen Bekannten zu und ging

Das Girl vom Baggersee

zu einem Tisch neben der künstlichen Palme, die täuschend echt aussah. Matthias saß dort. Eine leere Tasse und ein Teller mit einer zusammengeknüllten Serviette und vier kleinen Holzpickern sagten ihr, daß er bestimmt nicht um sie gebangt, sondern vielmehr ein Superfrühstück in Form zweier Sandwiches (denn Tonio halbierte ein Sandwich diagonal und steckte in jede Hälfte einen Zahnstocher) und eines Cappuccinos genossen hatte – und das alles mit viel guter Rockmusik serviert. Da konnte man fast neidisch werden.

Er blickte ihr mit einem fröhlichen Grinsen entgegen. »Ich sehe, du hast meinen Zettel gefunden«, sagte er.

Sie setzte sich zu ihm und legte den Helm auf einen der freien Stühle. »Wie hast du dich überhaupt so klammheimlich abgesetzt?« wollte sie wissen.

»Ganz einfach: Ich bin die Treppe runtergeschlichen, als es mir in dem verdammten Wand-

schrank zu heiß wurde. Ich hab' eure Stimmen aus der Küche gehört und hab' die Chance genutzt.«

»Das war aber ganz schön riskant, Matthias. Wenn dich meine Mutter erwischt hätte, wäre der Teufel losgewesen.«

Er zuckte die Achseln. »Hast du schon mal in einem Wandschrank gesessen? Ich hab' es mit der Platzangst zu tun bekommen.«

Sie seufzte. »Mein Gott, wenn ich daran denke, was passiert wäre, wenn meine Mutter zehn, fünfzehn Minuten eher gekommen wäre und die Tür nicht so laut ins Schloß geschlagen hätte, wird mir jetzt noch ganz flau im Magen.«

Er nahm ihre Hand. »Okay, es war knapp, aber es ist ja nichts passiert.«

Ja, in zweifacher Hinsicht nicht, dachte Cornelia unwillkürlich und erwiderte: »Wir haben wirklich mehr Glück als Verstand gehabt. Das sollte uns eine Warnung sein, uns nächstens nicht mehr so hundertprozentig sicher zu fühlen.«

Das Girl vom Baggersee

»Bei dir fühle ich mich immer sicher«, sagte er liebevoll und mit einem warmen Lächeln in den Augen. »Aber sag mal, warum ist deine Mutter denn so plötzlich wieder nach Hause gekommen? Ich dachte, sie hätte einen neuen Job angenommen.«

Cornelia erklärte es ihm. »Wegen eines saudummen Zahnarzttermins hätte sie uns beide beinahe im Bett erwischt«, schloß sie.

»Beinahe ist eben nur beinahe«, sagte er. »Und solange keiner von uns eine eigene Bude hat, gibt es ja wohl keine totale Sicherheit.«

»Da hast du recht.«

Er dämpfte seine Stimme und schaute ihr zärtlich in die Augen. »Und es war doch schön, nicht wahr?« fragte er und streichelte ihre Hand.

Sie lächelte und erwiderte seinen Händedruck. »Mhm, ja, du warst sehr lieb und zärtlich«, raunte sie und konnte nicht verhindern, daß sie dabei errötete.

»Und ich möchte noch viel, viel zärtlicher zu dir sein«, gab er leise zurück.

»Matthias...« Cornelia war es ganz recht, daß in diesem Moment die junge Kellnerin kam und sie nach ihren Wünschen fragte.

»Einen Espresso«, bestellte sie.

»Und mir noch einen Cappuccino«, bat Matthias, ohne Cornelias Hand loszulassen. Die Kellnerin lächelte sie verständnisvoll an und entfernte sich wieder.

»Meinst du nicht auch, daß du für alle Fälle schon mal zum Frauenarzt gehen und dir die Pille verschreiben lassen solltest?« fragte er und fügte schnell hinzu: »Ich werde dich auch zum Arzt begleiten, wenn du das möchtest. Bitte versteh mich nicht falsch...«

»Ich versteh' dich schon nicht falsch«, ließ sie ihn nicht ausreden. »Aber ich glaube, du hast mich immer noch nicht verstanden, Matthias. Ich habe dir vorhin doch klar und deutlich gesagt, daß ich das noch nicht will.«

Das Girl vom Baggersee

»Ja, ich hab's schon verstanden«, erwiderte er und hielt ihre Hand fest, als sie sie zurückziehen wollte. »Aber auch wenn du meinst, daß es für uns beide dafür noch zu früh ist, wäre es dennoch besser, du würdest dir die Pille verschreiben lassen. Für den Fall der Fälle.«

»Du meinst, dann brauchst du dich nicht mehr so zu beherrschen, wenn wir miteinander schmusen, ja?« fragte sie, und der Ärger wallte wieder in ihr auf.

Er verzog das Gesicht bei ihrem spitzen Ton. »Ich meine nur, daß es besser ist, du nimmst schon die Pille, falls wir es eines Tages *beide* wollen«, antwortete er. »Kondome sind sicher, aber eben nun doch nicht so sicher wie die Pille.«

»Und noch sicherer ist es, es erst einmal bei dem zu belassen, was wir bisher immer getan haben«, erklärte sie.

Er seufzte geplagt. »Ach, Cornelia, du tust jetzt ja so, als wäre ich ein Sittenstrolch, der dir

nachstellt. Dabei weiß ich doch, daß du doch auch schon oft davor gestanden hast, bis zum Letzten zu gehen. Stimmt das denn nicht?«

Sie zögerte, weil die Antwort eindeutig Ja lautete. Wenn sie wie an diesem Morgen zusammen waren und Matthias sie so wunderbar streichelte und erregte, dann mußte sie tatsächlich all ihre Vernunft und Selbstbeherrschung aufbringen, um sich von ihren Gefühlen nicht fortreißen zu lassen.

Er wertete ihr Zögern als stumme Zustimmung, was sie ja auch war, und fuhr fort: »Und ich finde das auch nur natürlich so. Wir lieben uns doch, und da ist es doch unausweichlich, daß wir bald auch miteinander schlafen wollen. Heute morgen bei dir zu Hause waren wir ja auch nicht gerade weit weg davon. Okay, du sagst, du bist erst sechzehn und fühlst die Zeit dafür noch nicht gekommen. Aber es gibt Sechzehnjährige, die sind noch richtige Kinder, und Sechzehnjährige, die ihrem Alter schon um einiges voraus

Das Girl vom Baggersee

sind... und du gehörst ganz klar zu den letzteren, Cornelia«, sagte er mit gedämpfter, aber eindringlicher Stimme. »Wir brauchen uns doch nichts vorzumachen.«

»Ich mache mir nichts vor!« gab sie heftig zurück. »Ich möchte nur nicht, daß du dir etwas vormachst. Aber vor allem mag ich es nicht, wenn jemand mir erzählen will, was ich in Wirklichkeit denke und tun möchte. Ich kann schon ganz gut für mich selbst entscheiden, Matthias.«

»Warum bist du denn deshalb so sauer?« fragte er verblüfft. »Ich dachte, wir können über alles offen reden... ganz besonders über solche Sachen, die doch wirklich wichtig sind.«

»Ich? Wieso bin ich sauer?«

»Na, du solltest dich mal selber sehen und hören. Du siehst aus, als wolltest du mir gleich ins Gesicht springen«, sagte er mit leisem Vorwurf.

»Das ist doch Unsinn!« wehrte sie verstimmt ab. »Sicher können wir über alles reden. Ich

kann es nur nicht ab, wenn man mich zu etwas zu überreden versucht.«

Ein verletzter Ausdruck trat auf sein Gesicht. »Das würde ich doch niemals tun!«

»So?«

»Das ist nicht gerade lieb, was du da sagst, Conny!«

Glücklicherweise kam in diesem Moment die Kellnerin mit den Getränken, so daß sie ihm nicht zu antworten brauchte. Schweigend saßen sie da, während die Bedienung den Cappuccino und den Espresso vom Tablett nahm und auf den Tisch stellte.

Auch als die Kellnerin gegangen war, hielt das Schweigen an ihrem Tisch an. Es war eigentlich das erstemal, daß sie sich so in die Haare bekommen hatten und in ein teils trotziges, teils ratloses Schweigen verfallen waren.

Es machte Cornelia angst. Sie wollte nicht, daß dieser Sommertag, der nicht schöner hätte beginnen können, ein so düsteres Ende nahm.

Das Girl vom Baggersee

Sie war bereit, den Streit zu begraben und sich wieder mit ihm zu versöhnen.

»Schau mich doch nicht so vorwurfsvoll an, Matthias«, sagte sie mit versöhnlichem Tonfall und streckte nun ihrerseits die Hand nach ihm aus. »Ich möchte nicht, daß wir uns so streiten. Das haben wir doch noch nie getan.«

»Ich hab' es auch nicht als Streit betrachtet«, erwiderte er.

»Was hältst du davon, wenn wir das Kriegsbeil begraben?« fragte sie.

Er lächelte ein wenig schief. »Ich hab' nie eins in der Hand gehabt und gegen dich geschwungen, Cornelia.«

»Okay, dann laß uns das Thema begraben und einfach abwarten. Ist das denn zu viel von dir verlangt?«

»Nein.«

Sie atmete auf. »Mich mit dir zu streiten, macht mich richtig krank. Ich will das schnell vergessen. Laß uns über was anderes reden.«

»Mach einen Vorschlag.«

Sie überlegte kurz. »Wie sieht es mit dem Open-air-Konzert am Sonntag aus? Fahren wir hin?«

Er schüttelte den Kopf. »Nee du, ich glaube, daraus wird nichts.«

Sie runzelte die Stirn. »Warum nicht?«

Er nagte an seiner Unterlippe und wich ihrem Blick aus. »Tja, ich weiß nicht, wie ich dir das beibringen soll«, sagte er gedehnt und drehte seine Tasse nervös auf dem Teller.

Cornelia hatte auf einmal eine Ahnung und ein flaues Gefühl im Magen. Doch der Verdacht, der da in ihr aufstieg, durfte einfach nicht wahr sein. Sie weigerte sich, ihn für möglich zu halten, weil es nicht sein *durfte*.

»Sag bloß, du bist mal wieder blank.«

»Ja, das auch.«

»Dann lad' ich dich ein. Meine Hobbies sind ja zum Glück nicht so kostspielig wie deine«, sagte sie mit betonter Fröhlichkeit, als könnte sie

Das Girl vom Baggersee

Matthias damit dazu bringen, nicht auszusprechen, was ihm wohl schon auf der Zunge lag. Ja, sie hoffte inständig, daß aus dem Open-air-Konzert nichts wurde, weil er sein Geld mal wieder für irgendein Zusatzgerät für seinen Computer ausgegeben hatte. Er war ein ausgesprochener Computer-Freak.

»Das ist ganz lieb von dir, aber dennoch kann ich Sonntag nicht mir mit dir weg«, sagte er nun und druckste eine Weile herum, bevor er mit der Wahrheit herausrückte. »Ich fürchte, wir werden uns in nächster Zeit überhaupt verdammt wenig sehen können.«

Sie schluckte. »Willst du damit sagen, daß es dir mit dem Job Ernst ist?«

Er wagte nicht, sie anzublicken. »Ja, ich hab' meinem Onkel schon gesagt, daß ich den Job annehme. Ich fange jetzt am Montag um sieben bei ihm an. Deshalb muß ich schon am Sonntag losfahren. Ich werde die Wochen auch bei ihm wohnen.«

Cornelia war, als hätte ihr jemand einen Tiefschlag versetzt. »Wie lange weißt du das denn schon?«

»Zwei Tage.«

»So, du gehst also zu deinem feinen Onkel nach Frankfurt und jobbst da sechs Wochen in seiner Gärtnerei, weil du Geld für irgendein schwachsinniges Computergerät brauchst!« fauchte sie mit aufwallendem Zorn.

»Cornelia, es sind keine sechs Wochen, sondern höchstens vier.«

»Das macht keinen Unterschied!«

»Aber das ist doch Blödsinn.«

»Erst kommt dein Computer, nicht wahr, und dann komme ich... wenn ich Glück habe, ja? Ich finde das richtig gemein von dir!« warf sie ihm an den Kopf. »Du hast die ganze Zeit gewußt, daß du diesen Job bei deinem Onkel annehmen würdest, und mir erzählst du, wie sehr du mich liebst, und versuchst mich auch noch dazu zu überreden, mit dir zu schlafen, bevor du nach

Das Girl vom Baggersee

Frankfurt verschwindest! Das hätte wohl mein Abschiedsgeschenk an dich sein sollen, ja? Mein Gott, das hätte ich dir wirklich nicht zugetraut!«

»Cornelia, dreh doch nicht gleich durch!« beschwor er sie. »So wie du das jetzt hinstellst, ist es doch gar nicht gewesen!«

»Ich drehe nicht durch!« rief sie erregt. »Ich erinnere dich nur an deine eigenen Sprüche!«

»Was heißt hier Sprüche!« fiel er ihr nun auch zornig ins Wort.

»Was ist das denn, wenn du erst sagst, wie sehr du mich liebst, und dann haust du für vier Wochen nach Frankfurt ab, wo wir doch die Sommerferien zusammen verbringen wollten?« hielt sie ihm vor.

»Ich werde ja versuchen, an den Wochenenden immer nach Hause zu kommen. Mit der Bahn sind es ja nur ein paar Stunden.«

»Ach, wie großzügig!« höhnte sie. »Wir sehen uns von Freitagabend bis Sonntagmittag, ja? Dafür hab' ich das Jugendcamp in Griechen-

land abgesagt, damit ich jetzt fünf Tage in der Woche auf dich warten kann, weil es dir wichtiger ist, Geld zu verdienen, um irgendeinen blöden Diskettenspieler zu kaufen.«

»Erstens heißt das Diskettenlaufwerk, und zweitens brauche ich das Geld nicht dafür, sondern für einen neuen Plattenspeicher und...«

»Wofür du das blöde Geld brauchst, interessiert mich nicht!« schnitt sie ihm wütend das Wort ab. Es interessierte sie auch nicht, daß sie mit ihrer lauten Stimme die Aufmerksamkeit des halben Cafés auf sich lenkte.

Enttäuschung und Zorn waren so groß, daß es ihr gleichgültig war, was die anderen dachten. »Das einzige, was zählt, ist, daß du von den Sommerferien vier Wochen in Frankfurt bist, während ich hier herumsitze wie bestellt und nicht abgeholt. Und wenn du schon so wild auf einen Ferienjob bist, dann hättest du dir ja zumindest einen hier in der Stadt suchen

Das Girl vom Baggersee

können, statt zu deinem Onkel nach Frankfurt zu gehen. Warum nicht gleich New York oder Timbuktu!?«

»Aber versteh mich doch, Conny! Ich hab' alles versucht, um einen guten Job hier in der Gegend zu bekommen, aber da ist eben nichts gelaufen! Und mein Onkel zahlt wirklich optimal, obwohl ich bestimmt ganz schön hart ran muß. Aber ich krieg' immerhin satte fünfzehn Mark die Stunde netto auf die Hand. Das macht in vier Wochen gut zweieinhalbtausend Mark – ohne Überstunden.«

Abrupt sprang Cornelia auf, daß ihr Stuhl fast umgekippt wäre. »Und ohne mich!« fügte sie hitzig hinzu.

»Conny! Um Himmels willen, mach doch nicht so einen Aufstand!«

»Ich mache keinen Aufstand!« erwiderte sie heftig und kramte in ihrer Tasche nach Kleingeld.

»Nein, ein Affentheater veranstaltest du!« warf er ihr vor.

»Und du spielst wenigstens die Hauptrolle! Genieße sie! In Frankfurt, aber ohne mich!« schleuderte sie ihm an den Kopf, knallte zwei Mark auf den Tisch, riß ihren Helm vom Stuhl und stürmte zur Tür hinaus.

Matthias folgte ihr nach draußen und versuchte sie zurückzuhalten, als sie sich auf ihr Mofa schwang. »Conny, so geht das doch nicht! Laß uns doch in aller Ruhe darüber reden!«

»Sag, daß du den Job nicht annimmst!« verlangte sie.

»Das kann ich nicht. Ich hab' schon zugesagt. Mein Onkel verläßt sich jetzt darauf, daß ich komme!«

»Wie schön, daß sich zumindest dein Onkel auf dich verlassen kann. Ich habe diese Gunst offenbar nicht verdient!« sagte sie scharf, schüttelte seinen Arm ab und fuhr los.

»Cornelia!« rief er ihr nach.

Sie achtete nicht darauf und drehte sich

Das Girl vom Baggersee

auch nicht mehr nach ihm um. Sie fuhr die Straße hinunter, bog um die Ecke und fuhr dann weiter oberhalb rechts ran, weil sich die Welt vor ihren Augen in einem Meer von Tränen auflöste und sie nichts mehr sehen konnte.

Elke Crohn riß eine weitere Packung Tempotücher auf und drückte ihrer Freundin ein frisches Tuch in die Hand.

»Es ist so gemein!« sagte Cornelia mit noch tränenerstickter Stimme und schneuzte sich hörbar. Sie war zu ihrer Freundin gefahren, die zum Glück allein zu Hause war. Ihre Mutter war kurz vorher einkaufen gegangen, und vor Elke zu weinen, schämte sie sich nicht. Sie waren Freundinnen, solange sie sich erinnern konnte. Sie hatten schon zusammen im Sandkasten gespielt. Bei Elke hatte sie sich ausgeweint, und es hatte gutgetan, sich ihre Enttäuschung und ihren

Schmerz bei ihr von der Seele zu reden. Vor Elke hatte sie nie Geheimnisse gehabt.

»Das kannst du laut sagen«, pflichtete Elke ihr bei und strich sich eine Strähne ihres langen, schwarzen Haares, das ein schmales, interessantes Gesicht mit ebenso dunklen Augen und einem hübschen Schmollmund einrahmte, aus der Stirn. »Ich hätte wirklich nicht gedacht, daß Matthias so rücksichtslos sein würde. Ich meine, gegen einen Ferienjob ist ja nichts einzuwenden, aber doch nicht in Frankfurt! Also das finde ich schon ein bißchen schäbig, wo du doch extra auf den Griechenlandtrip verzichtet hast.«

Cornelia trocknete sich die Augen. »Na ja, es war meinen Eltern auch ein bißchen teuer«, räumte sie zögernd ein.

»Und wenn schon. Du hast zumindest nicht darauf gedrängt.«

»Nein, ich wollte ja die Ferien mit Matthias verbringen, und ich hatte mich schon so darauf gefreut. Ich dachte, das mit dem Job in der

Das Girl vom Baggersee

Gärtnerei bei seinem Onkel hätte er schon längst vergessen. Und nun geht er doch. Aber das Gemeinste ist, daß wir vorher noch... na ja, bei mir geschmust haben, und er mit mir schlafen wollte.«

Elke zog die Augenbrauen hoch. »Sag bloß, du hast es getan?« Es klang fast erschrocken.

Cornelia schüttelte den Kopf. »Nein, aber ich war kurz davor«, gab sie zu. »Es war wirklich sehr schön mit ihm, und es hätte passieren können.«

»Sei froh, daß du es nicht getan hast!«

»Bin ich auch.«

»Du weißt ja, was bei mir und Andy passiert ist. Er wollte unbedingt, daß wir miteinander schlafen, und hat mich immer und immer wieder gedrängt, du weißt es ja«, erinnerte sich Elke. »Von wegen Beweis für echte Liebe und all der Schmäh. In Wirklichkeit ist genau das Gegenteil richtig. Wenn man jemanden liebt und es ehrlich meint, kann man warten, auch wenn man dar-

auf brennt, bis zum Letzten zu gehen. Aber ich Idiotin bin zu spät darauf gekommen. Ich hab' mich belabern lassen und es dann getan, weil ich Angst hatte, ich würde Andy verlieren, wenn ich es nicht tue, was anscheinend alle anderen tun. Aber das stimmt natürlich nicht. Den Rest der Geschichte kennst du ja.«

»Ja«, sagte Cornelia bedrückt.

»Kaum hatte ich mit ihm geschlafen und er sein Ziel erreicht, da war bei uns die Luft raus«, erinnerte sich Elke grimmig. »Es war noch nicht einmal ein besonders schönes Erlebnis. Andy war einfach zu schnell, und es war schon alles vorbei, bevor ich mich auf ihn einstellen konnte. Wir haben es noch zweimal gemacht, und dann bekam ich heraus, daß er sich hinter meinem Rücken schon mit dieser Julia getroffen hat.«

»Aber du bist doch inzwischen darüber hinweg, nicht wahr?«

Elke verzog das Gesicht. »Klar, so schon. Aber ich bin noch immer wütend auf mich, daß ich mich an so einen Blödmann verschenkt habe, denn genau das habe ich getan. Miteinander schlafen ist ja nicht so, als würde man sich eine Pampelmuse teilen.«

Cornelia mußte bei dem Vergleich lachen. »Nein, das ist es wirklich nicht.«

Elke schmunzelte. »Jetzt lachst du ja wieder. So ist es schon besser«, sagte sie aufmunternd. »Aber es stimmt doch, was ich sage, oder? Also ich würde diesen Fehler nicht noch einmal machen und Schwärmerei mit Liebe verwechseln.«

Cornelia blickte bedrückt auf ihre Hände, die das Tempotuch zerknüllten. »Was soll ich jetzt nur machen?« murmelte sie.

»Diese Frage soll sich besser Matthias stellen«, erwiderte Elke resolut. »Er ist doch jetzt am Zug, und wenn ich du wäre, würde ich ihn in der Luft am langen Arm zappeln und verhungern lassen.«

»Du meinst, ich soll hart bleiben?«

»Na klar! Knochenhart sogar!« bekräftigte Elke. »Jetzt kann er ja beweisen, wieviel er wirklich für dich empfindet. Wenn er zu seinem Onkel nach Frankfurt geht und sich nur mal am Wochenende blicken läßt, dann war das nur ein Strohfeuer, und es ist besser, du vergißt ihn so schnell wie möglich, weil er nur einer dieser unzähligen ›Andys‹ ist, wie ich diese Kerle, die nur auf eine schnelle Eroberung aus sind, jetzt nur noch nenne. Laß dich bloß nicht erweichen, einzulenken und ihm diese Rücksichtslosigkeit zu verzeihen, denn dann wickelt er dich früher oder später um den kleinen Finger – und läßt dich wie eine faule Frucht fallen, wenn er genug von dir hat.«

So ist Matthias nicht! war Cornelia versucht zu erwidern, doch sie sprach es dann doch nicht aus. Sie war verunsichert, ja geradezu erschüttert in ihrer Überzeugung, daß es tiefe, aufrichtige Liebe war, was sie beide verband. Elke hatte völlig recht. Wenn Matthias sie wirklich liebte,

Das Girl vom Baggersee

würde er ihr so etwas nicht antun, wo er doch genau wußte, wie sehr sie sich auf die gemeinsamen Wochen gefreut hatte. Wenn Geld und ein Diskettenkaufwerk wichtiger waren als sie, wie konnte er da von Liebe sprechen?

»Ich an deiner Stelle würde ihn erst einmal links liegenlassen – und zwar bewußt und kompromißlos«, sagte Elke in das bedrückte Schweigen, »damit er auch kapiert, daß er mit dir diese Tour nicht fahren kann. Wenn ihm der Job dann immer noch wichtiger ist, kannst du ihn abschreiben und froh sein, daß du noch früh genug gemerkt hast, auf wen du beinahe hereingefallen wärst. Liebt er dich dagegen wirklich, wird er schon einsehen, daß er dir das nicht antun kann, und den Job sausenlassen. Dann ist alles wieder in Butter, und du kannst dich freuen, daß du jemanden hast, der dich wirklich liebt und deshalb auch bereit ist, ein Opfer zu bringen.«

Cornelia seufzte geplagt. »Aber was soll ich bloß in der Zwischenzeit tun?«

»Ganz bestimmt nicht Däumchendrehen und auf heißen Kohlen sitzen. Das kommt gar nicht in Frage! Du mußt ihm zeigen, daß du ohne ihn kein halber Mensch bist und nicht gleich zum Krüppel wirst, nur weil er nicht an deiner Seite ist. Wir werden was unternehmen. Und ich weiß auch schon, wo wir bei diesem tollen Wetter hinfahren und eine Menge Spaß haben werden!«

»So? Wohin denn?«

Sie zwinkerte ihr zu. »Na, an deinen Lieblingsort natürlich.«

»Zum alten Baggersee?«

»Na klar!« Da ist bestimmt eine Menge los. Komm, wir packen ein paar Sachen ein und düsen los. Du kannst einen von meinen Bikinis oder Einteilern nehmen. Die passen dir ja. Und ich schreib' meiner Mutter schnell eine Nachricht, daß wir weg sind. Wäre doch der reinste Schwachsinn, bei diesem irren Wetter in der Bude zu sitzen und sich die Augen aus dem Kopf

Das Girl vom Baggersee

zu heulen, wenn man in der Sonne liegen und was zusammen unternehmen kann! Ich gehe jede Wette ein, daß die halbe Surfer-Clique sich da draußen herumtreibt, bestimmt auch Sonja, Martina und Tinchen. Los, auf zum Baggersee!«

Der Baggersee lag ein paar Kilometer außerhalb der Stadt und war mehr als nur ein tiefes Loch, das sich im Laufe der Zeit mit Wasser gefüllt hatte. Er war fast zwei Kilometer lang, etwa einen halben breit und hatte die Form eines Bumerangs. Das südliche Ufer war flach und eignete sich zum Schwimmen am besten, weil der Strand in grüne Wiesen überging, hinter denen dann viel Gesträuch und Büsche kamen, die die Felder eines großen Bauernhofes vom öffentlichen Gelände des Baggersee trennten. Das Nordufer dagegen hatte ein Mittelstück, das fast senkrecht und gut sechs, sieben Meter aus

dem Wasser ragte, um dann in sanftes Hügelland und dahinterliegende Kuhweiden überzugehen. Kein Wunder also, daß vor allem das Südufer und die beiden Zipfel im Osten und Westen bevölkert waren – und zwar überwiegend von jungen Leuten aus der Stadt.

Von der Landstraße führte ein sandiger Weg bis auf fünfzig Meter an das Südufer heran. Ein gutes Dutzend Autos und noch mehr Mopeds, Mofas und Fahrräder bevölkerten den Parkplatz.

»Hab' ich's nicht gesagt? Heute ist ganz schön was los!« stellte Elke begeistert fest, als sie von ihren Mofas stiegen und sie mit zwei Sicherheitsketten aneinanderschlossen.

»Ich kann jetzt auch eine Abkühlung gut vertragen!« stöhnte Cornelia und nahm den Helm ab, den sie bei solch warmem Wetter wie die Pest haßte.

Elke nahm die Tasche mit ihren Badesachen und den Getränken und Keksen, an die sie

Das Girl vom Baggersee

wohlweislich gedacht hatte, vom Gepäckständer und ging mit ihrer Freundin zum Ufer hinunter, wo eine Gruppe Jungen und Mädchen ihre Badetücher im Gras ausgebreitet hatten. Ihre Freundinnen waren jedoch nicht darunter. Sie bevorzugten eine Stelle, die weiter links davon lag.

Auf dem Baggersee leuchteten die bunten Segel von mehreren Surfern und zwei kleinen Segelbooten. Die leichte Brise, die wehte, reichte gerade so aus, um die Segel zu füllen. Gewöhnlich kam gegen Nachmittag etwas mehr Wind auf, deshalb war der Baggersee vor allem bei den jungen Surfern so beliebt, denen die Zeit und das Geld fehlte, um an die holländische Küste zu fahren.

»Das da ist bestimmt Rolf«, meinte Elke und wies auf ein Surfsegel, das alle Farben des Regenbogens aufwies.

»Macht bestimmt Laune, auf so einem Brett übers Wasser zu flitzen«, sagte Cornelia, während

sie beobachtete, wie der Surfer weit nach hinten gelehnt über den Baggersee glitt. Es sah so elegant und spielerisch leicht aus. Aber sie wußte sehr wohl, daß zu diesem Sport sehr viel mehr gehörte als nur ein guter Gleichgewichtssinn.

»Komm, laß uns Sonja und die anderen suchen«, schlug Elke vor und ging voran. Sie blieben in Ufernähe, schlugen einen Bogen um eine Buschgruppe und gelangten dann zu einer Wiese am Ufer, die etwa so groß wie zwei Tennisplätze war und von einigen Sträuchern schützend eingefaßt war. Drei Birken und eine junge Trauerweide spendeten Schatten. Und dort trafen sie auf ihre Schulkameradinnen und einige Jungen und Mädchen, die sie von der Disco oder hier vom Baggersee her kannten.

Auch die rothaarige Sonja und die zierliche Tina, die alle nur Tinchen nannten, befanden sich darunter. Sie hatte ein wenig abseits von den anderen den Platz im Schatten der Birken belegt. Es lagen noch vier große Badetücher

Das Girl vom Baggersee

neben ihnen, die aber zur Zeit nicht belegt waren. Doch die Klamotten und Taschen verrieten, daß die Badetücher nur vorübergehend verwaist waren.

»He, das ist aber eine Überraschung!« rief Sonja erfreut, als sie Elke und Cornelia über die Wiese kommen sah, und sprang vom Badetuch auf.

»Himmel! Sonja ist mal wieder gnadenlos auf dem totalen Body-Trip!« raunte Elke ihrer Freundin zu und ließ einen Seufzer anklingen. »Als Junge würde ich bei ihrem Anblick vermutlich blind oder zum Zombie werden.«

»Sie kann es sich eben leisten«, gab Cornelia genauso leise zurück.

»Na, du brauchst dich bestimmt nicht hinter ihr zu verstecken«, flüsterte Elke.

Cornelia war da anderer Meinung. Sie litt zwar nicht unter Minderwertigkeitskomplexen, aber die absoluten Traummaße hatte sie ja nun doch nicht, und ein makelloses Gesicht, in dem

wirklich alles total miteinander harmoniert, Augen, Wimpern, Nase, Mund, Zähne, Wangenknochen, Kinn, Ohren, eben alles, besaß sie auch nicht. Zwischen hübsch und umwerfend schön gab es eben doch noch einen gewaltigen Unterschied. Und das war der Unterschied zwischen ihr und Sonja.

Sonja trug mal wieder einen superknappen Bikini, der viel mehr enthüllte als er verbarg, weil er ihre sexy Proportionen geradezu betonte. Das Höschen war kaum mehr als ein textiles Feigenblatt und wurde an den Seiten nur von kordeldünnen Schleifen gehalten. Aber sie konnte sich das auch erlauben, denn sie hatte eben die astreine Figur mit vollen Brüsten, einer schlanken Taille und tollen langen Beinen. Ihr tizianrotes Haar war dabei das Tüpfelchen auf dem i. Bei ihrem Anblick konnte man geradezu neidisch werden.

Zum Glück bildete sie sich nichts darauf ein. Und daß sie von den Jungen umschwärmt war,

Das Girl vom Baggersee

konnte man ihr ja schlecht zum Vorwurf machen. Doch sie war kein liebestoller Schmetterling, der von einer Blume zur anderen flog. Im Gegenteil. Sonja war schon seit über einem halben Jahr mit ihrem jetzigen Freund Horst zusammen, der noch ein Jahr auf der Höheren Handelsschule vor sich hatte, drei Jahre älter als sie und alles andere als ein Schönling war. Vom Aussehen zählte er eher zur Mittelklasse, aber als Typ war er unheimlich nett. Die beiden waren ein tolles Paar.

Als Cornelia daran dachte, erinnerte sie sich augenblicklich, daß man das bisher auch von ihr und Matthias gesagt hatte, und der Schmerz brannte wieder in ihrer Brust und hinter ihren Augen.

»Ihr kommt gerade richtig!« begrüßte Sonja sie aufgekratzt. »Wir wollen nämlich ein Federballmatch machen. Zu viert macht es mehr Spaß, und Horst ist noch immer mit Dieter draußen. Sie kriegen mal wieder nicht genug vom Surfen.«

Cornelia winkte ab. »Erst will ich ins Wasser. Unter dem Helm kam ich mir vor wie in einer Sauna.«

»Okay, wir kommen mit«, meinte Sonja, »obwohl ich mich gerade erst wieder neu eingecremt habe.«

»Kommt Matthias auch noch?« fragte Tinchen, die zu ihrem Leidwesen wegen ihres rehbraunen Bubikopfes, ihrer kleinen Brüste und ihrer noch etwas kindlichen Gesichtszügen eher für dreizehn als für sechzehn gehalten wurde.

»Nein«, gab Cornelia kurz angebunden zur Antwort.

Erstaunt hob Tinchen die Augenbrauen. »He, das klingt ja so, als hättet ihr beide Zoff!«

»Du hast es erraten!«

»Du hast dich mit Matthias gestritten?« fragte Sonja verblüfft. »Komisch!«

»Was soll daran komisch sein?« brummte Cornelia, während sie Elke half, die Badetücher auszubreiten.

Das Girl vom Baggersee

Sonja zuckte die sonnengebräunten Schultern. »Na ja, irgendwie kann ich es mir einfach schlecht vorstellen, daß du und Matthias gestritten habt. Ich meine, das ist doch so gar nicht seine Art.«

»Meine sonst auch nicht, aber dennoch ist es passiert!«

Tinchen sah sie erwartungsvoll an. »Darf man fragen, weshalb?«

»Fragen darfst du schon«, sagte Elke schnell, bevor Cornelia darauf antworten konnte. »Aber Cornelia muß dir nicht unbedingt antworten. Man muß ja nicht immer alles gleich an die große Glocke hängen und unter das gemeine Volk bringen.« Sie versuchte die Sache ein wenig ins Scherzhafte zu ziehen. »Also hört auf mit dem Kreuzverhör. Cornelia ist hier, um auf andere Gedanken zu kommen, und nicht, um sich noch mehr zu ärgern.«

Cornelia warf ihrer Freundin einen dankbaren Blick zu. Sie zog das sonnenblumengelbe

T-Shirt mit dem V-Ausschnitt über den Kopf und entledigte sich ihrer weißen Shorts. Darunter trug sie einen von Elkes modischen Einteilern. Er war an den Beinen bis weit zur Hüfte hoch angeschnitten, hatte einen raffiniert geschnittenen Ausschnitt, der eine Schulterpartie völlig nackt ließ, und war auch im Rücken tief ausgeschnitten. Er glänzte in einem leuchtenden Rot, das einen schönen Kontrast zu ihrem Haar bildete.

»Okay, verschieben wir den Klatsch auf später«, sagte Sonja, die verstanden hatte, daß jetzt der falsche Zeitpunkt war, um über den Grund des Zerwürfnisses zwischen Cornelia und Matthias zu reden. »Gehen wir erst einmal eine Runde schwimmen.«

»Das ist wirklich ein Ding«, murmelte Tinchen. Ihr Gesichtsausdruck verriet ganz deutlich, daß sie Cornelia am liebsten auf der Stelle ausgequetscht hätte. Aber auch sie zügelte ihre Neugier und hoffte darauf, daß Cornelia

Das Girl vom Baggersee

oder zumindest Elke früher oder später von selbst auspackten.

Sie liefen um die Wette bis ans Ufer, und das Wasser spritzte um sie herum auf, als sie auch da nicht Halt machten. Als das Wasser ihr schon bis fast an die Hüfte reichte, hielt Cornelia kurz den Atem an und warf sich nach vorn in die kühlen erfrischenden Fluten des Baggersees.

Es tat gut, im Wasser herumzutoben und sich abzukühlen, und Cornelia wurde tatsächlich von ihren traurigen Gedanken abgelenkt, wenn auch nur vorübergehend.

Als sie eine knappe halbe Stunde später aus dem Wasser gingen, bemerkte Tinchen den Surfer mit dem Regenbogensegel, dem ein zweiter Surfer mit einem roten Brett und pinkfarbenem Segel folgte.

»Da kommt dein Horst!« rief sie Sonja zu.

»Mensch, der hat ja ganz schön Schwung drauf!« meinte Elke bewundernd.

Sonja lachte. »Ja, Horst hat den Dreh schon

raus, den ich bestimmt nie kapiere. Wie oft hat er schon versucht, mir das Surfen beizubringen. Mit absolut null Erfolg. Ich bin dauernd ins Wasser gefallen und hab' mir einige blaue Flecken geholt. Das war alles, was ich vorweisen konnte.«

»Der hinter ihm ist auch nicht übel«, meinte Tinchen. »Weißt du, wer das ist?«

Sonja schüttelte den Kopf. »Keine Ahnung. Aber Horst kennt ihn bestimmt. Er kennt hier jeden, der auf einem Brett stehen und surfen kann«, sagte sie mit gutmütigem Spott.

Der Surfer mit dem pinkfarbenen Segel holte auf den letzten Metern noch auf und zog mit Horst fast gleich. Parallel zueinander sausten sie auf das Ufer zu, um fast im letzten Moment die Bretter herumzureißen und in den Wind zu drehen. Im flachen Wasser sprangen sie dann vom Surfboard. »Noch eine Windstärke mehr wäre ideal!« rief Horst, ein großgewachsener Bursche mit langem Haar, das ihm bis weit in den Nakken fiel.

Das Girl vom Baggersee

»Dann würdest du mit deinem Brett gegen mich keinen Stich mehr kriegen«, erwiderte der andere.

»Bisher habe ich dich mit deinem angeblich so schnellen Racer noch jedesmal naß gemacht«, gab Horst fröhlich zurück.

»Weil der Baggersee einfach zu klein für mich ist, um richtig in Fahrt zu kommen.«

Sonja stöhnte gequält auf. »Sag mal, wollt ihr uns den ganzen Tag mit eurem Surfer-Chinesisch auf den Keks gehen? Gibt es denn für euch nichts anderes als surfen?«

Horst grinste breit, faßte sie um die Hüften und zog sie an sich. »Warte mal, wenn ich mich nicht täusche, war da neben Surfen wirklich noch was anderes, was auch ganz schön Spaß macht«, frotzelte er. »Wenn ich mich bloß erinnern könnte...«

»Na warte, du!« gab sie sich empört und tat so, als wollte sie sich befreien.

»Ah, jetzt fällt es mir wieder ein!« rief er. »Ich

glaub', es fing so an!« Er verschloß ihren Mund mit einem Kuß. Und dann fragte er: »Na, bin ich so auf dem richtigen Kurs?«

Sonja lachte: »Wenn du dir Mühe gibst, könnte ja vielleicht doch noch mal was aus dir werden... aber du mußt noch viel üben.«

»Nichts lieber als das... und ich weiß auch schon, mit wem ich das am liebsten tue«, sagte er und ließ seine linke Hand über ihren Rücken abwärts gleiten, bis sie ihren Po erreichte.

»He, keine öffentliche Unzucht!« protestierte Elke im Scherz.

»Oh, ich vergaß, daß ich in Gesellschaft von Nonnenschülerinnen bin«, zog Horst sie auf und wies dann auf den anderen Surfer. »Das ist übrigens Ingo. Er geht mit mir auf die HöHa.« Er stellte ihm die Mädchen kurz vor, und zu Cornelia sagte er: »Und das ist unser Girl vom Baggersee.«

Ingo zog die Stirn kraus. »Wieso unser Girl vom Baggersee?« wollte er wissen und

Das Girl vom Baggersee

bedachte Cornelia mit einem kaum merklichen Lächeln. Sie schätzte ihn auf achtzehn.

Er war mittelgroß, gut gebaut, trug bunte Bermudashorts und das sonnengebleichte blonde Haar modisch kurz geschnitten. Ein wenig Gel hielt seine Frisur offenbar auch auf dem Wasser in Form. Er sah nicht gerade umwerfend toll aus, besaß jedoch ein einprägsames männliches Gesicht mit markanten Gesichtszügen. Er war genau der Typ Mann, der in einer engen, verwaschenen Jeans und einem einfachen weißen T-Shirt eine tolle Figur machte, wie das kein Maßanzug besser hinkriegen könnte.

»Ich glaube, sie kannte hier schon jeden Baum und Strauch, als wir von der Existenz des Baggersees noch gar nichts ahnten«, erklärte Horst belustigt. »Ich hab' mal gehört, daß du an einem Sonntag von zu Hause ausgerissen und bis hierher gelaufen bist. Ich glaube, da bist du gerade sechs gewesen, nicht wahr?«

»Quatsch, schon neun«, korrigierte Cornelia, die sich immer unwohl fühlte, wenn sie im Mittelpunkt des Interesses stand so wie jetzt.

»Auf jeden Fall hat sie sich hier schon herumgetrieben, als ich Surfen noch für irgend etwas Unanständiges hielt«, witzelte er.

»Dazu kann es manchmal auch ausarten«, sagte Sonja mit einem schmollenden Unterton. »Ich hab' heute noch gar nichts von dir gehabt.«

»Okay, ich leg' 'ne Pause ein und bleib' 'ne Weile bei dir«, versprach er und zog sein Brett ans Ufer.

»Hat das Girl vom Baggersee auch noch einen anderen Namen?« fragte Ingo und blickte Cornelia dabei wieder an.

Sie errötete unwillkürlich und stellte fest, daß er hellblaue Augen hatte. »Ja, hat sie.«

Er hob die Augenbrauen und lächelte sie entwaffnend an. »Und? Darf man ihn auch erfahren?«

»Cornelia.«

Das Girl vom Baggersee

Er lächelte. »Schön, endlich mal wieder ein Name, den man nicht an jeder Ecke hört«, sagte er, und aus seinem Mund klang es nicht wie eine hohle Schmeichelei.

Sie spürte, wie ihr das Blut noch mehr ins Gesicht schoß. »Oh«, machte sie, fing sich und sagte: »Nicht mein Verdienst. Aber ich werd's meinen Eltern ausrichten, daß mein Name deine Zustimmung findet.«

Er schmunzelte. »Nicht unbedingt nur dein Name, Cornelia.«

Sie zog die Augenbrauen hoch. »So? Was denn noch?«

»Na ja«, sagte er nur mit einer scheinbar hilflosen Geste, und sein Blick wanderte kurz und mit kaum verhohlener Bewunderung an ihr auf und ab, als wollte er auf diese Weise zum Ausdruck bringen, daß ihm auch sehr gefiel, was seine Augen sahen.

»Würdest du mir einen Gefallen tun?« fragte er dann scheinbar sprunghaft.

»Ja. Was denn?«

»Mit anpacken, das Surfbrett hochzutragen?«

Sie nickte. »Gern.«

»Surfst du auch?« wollte er wissen.

»Nein, ich hab's noch nie versucht«, gestand Cornelia.

»Aber sie würde es brennend gern mal versuchen«, warf Elke ein, die Ingos Frage gehört hatte. »Das hat sie vorhin erst gesagt.«

Cornelia schoß ihrer Freundin einen zurechtweisenden Blick zu, den diese nur mit einem Lächeln quittierte, als wollte sie sagen: Was hast du denn? Findest du ihn denn nicht nett?

»Du brauchst es mir nur zu sagen. Ich bringe es dir gerne bei, Cornelia«, bot Ingo sich sofort an. »Hast du Lust, es nachher mal zu versuchen?«

»Danke, ich werd' mich schon melden«, antwortete sie ausweichend.

»Ich brauch' jetzt erst einmal einen kühlen Schluck!« verkündete Horst und öffnete die große

Das Girl vom Baggersee

Kühlbox, die am Kopfende eines großen Marlboro-Badetuches stand. »Hat sonstwer noch Durst auf eine kalte Coke?« fragte er.

Sie waren alle ohne Ausnahme durstig, und Horst spendierte eine Runde.

Cornelia hatte gerade die Lasche aufgezogen und einen kräftigen Schluck genommen, als Elke plötzlich scharf die Luft einsog und sie anstieß. »Conny, du kriegst Besuch. Dreh dich mal um – und mach dich auf was gefaßt.«

Cornelia blickte sich um – und verschluckte sich beinahe, als sie sah, wer da zwischen dem Gebüsch aufgetaucht war und zu ihnen über die Wiese kam. Matthias!

Tinchen und Sonja hatten ihn inzwischen auch bemerkt, und angespannte Erwartung stand auf ihre Gesichter geschrieben.

»Ist das nun ein gutes Zeichen?« fragte Tinchen und musterte Cornelia.

»Keine Ahnung«, murmelte diese und drehte sich demonstrativ um. Dabei begegnete sie

Ingos Blick. Er saß auf der Kante der Kühlbox, in der einen Hand die Coladose, in der anderen eine Zigarette. Ein leicht spöttisches Lächeln umspielte seine Lippen.

»Hallo, Matthias, was treibt dich denn zu uns?« rief Sonja betont aufgekratzt. »Ich sehe dich ja gar keine weiße Fahne schwenken.«

Matthias warf ihr einen gereizten Blick zu, ersparte sich jedoch eine Antwort. Er ging schnurstracks auf Cornelia zu, die bei Elke stand.

»Kann ich mit dir reden?« fragte er knapp.

Cornelia gab sich Mühe, nach außen hin beherrscht zu bleiben. Dabei tobte in ihr ein Aufstand der Gefühle. »Klar. Ich höre«, sagte sie nur knapp.

»Ich möchte mir dir allein reden«, sagte er und zu Elke gewandt: »Du verstehst das doch, oder? Das ist was Persönliches.«

Elke sah ihn mitleidig an. »Du begehst einen großen Fehler, wenn du Cornelia wegen eines lausigen Jobs hängen läßt, Matthias.«

Das Girl vom Baggersee

»Ah, haben dir das die Buschtrommeln schon erzählt, ja?« fragte er scharf.

»Komisch, daß sogar Typen, die man für gar nicht so übel gehalten hat, manchmal solche Durchhänger haben«, bemerkte Elke kopfschüttelnd und sagte: »Laß dich bloß nicht um den Finger wickeln, Conny!« Und damit ließ sie ihre Freundin mit ihm allein.

»Ich hätte nie gedacht, daß Elke so gemein sein kann«, sagte er verblüfft und verdrossen zugleich.

»Ich hätte das von dir auch nicht gedacht«, konterte sie.

Er holte tief Luft. »Es war nicht richtig, daß du vorhin im *Casablanca* so eine Show abgezogen hast und einfach so abgehauen bist!« warf er ihr vor.

»Du hast offenbar noch immer nicht kapiert, daß es alles andere als eine Show war!« entgegnete sie ärgerlich. »Und ich bin gegangen, weil ich genug von deinen ... Sprüchen hatte!«

»Ich hab' überall nach dir gesucht«, sagte er mit einlenkender Stimme. »Bin dann bei Elke vorbeigefahren und hab' von ihrer Mutter erfahren, daß ihr zum Baggersee rausgefahren seid. Sag mal, können wir denn nicht vernünftig über alles reden, ohne uns gegenseitig zu verletzen?«

Sie zuckte die Achseln. »Klar können wir das. Nur war bisher das, was du mir erzählt hast, alles andere als vernünftig, sondern vielmehr verletzend.«

»Du übertreibst schon wieder!«

»Nein, tue ich nicht!« widersprach sie. »Du hast mich die ganze Zeit im Glauben gelassen, wir hätten die ganzen Sommerferien für uns und könnten toll was zusammen unternehmen...«

»Das können wir doch auch!« beteuerte er.

»...während du in Wirklichkeit deinem blöden Onkel in Frankfurt schon längst zugesagt hattest und genau wußtest, daß daraus nichts würde«, fuhr sie unbeirrt fort. »Wenn das keine Gemeinheit ist, dann weiß ich es nicht!«

Das Girl vom Baggersee

»Mein Onkel ist nicht blöde!«

»Entschuldige. Du hast natürlich recht. Dein Onkel kann ja nichts dafür, und bestimmt ist er auch nicht blöde. Ich bin es, die blöde ist, weil ich dir geglaubt und vertraut habe!« sagte sie bitter.

»Du machst wirklich aus einer Mücke einen Elefanten!« warf er ihr vor. »Ich... ich... muß den Job einfach antreten. Es geht nicht anders!«

»Klar, du brauchst ja unbedingt diesen Plattenspeicher zu deinem Glück!«

»Ich habe mein Wort gegeben, und was ich einmal versprochen habe, kann ich doch nicht mehr zurücknehmen. Das mußt du doch verstehen! Verpflichtungen, die man einmal eingegangen ist, kann man nicht so leicht wieder abschütteln«, sagte er beschwörend, und eine Spur von Verzweiflung lag in seiner Stimme.

»Sehr wahr! Aber es sieht so aus, als wärst du der Meinung, daß es in einer Beziehung,

einer Freundschaft keine Verpflichtungen gibt!« erwiderte sie.

»Aber es geht hier doch nur um ein paar Wochen, Conny!«

»Es geht um unsere Ferien!«

Er verdrehte die Augen. »Hör zu! Ich sehe zu, daß ich nur vier Wochen bleibe. Und an den Wochenenden komme ich auch so früh wie möglich zurück. Das verspreche ich dir.«

»So? Wann denn? Etwa *schon* um acht Uhr?« höhnte sie. »Das wäre ja irre! Denn dann hätten wir ja glatte drei Stunden für uns.«

»Und den Samstag und den halben Sonntag!« erinnerte er sie. »Mein Gott, das ist doch besser als gar nichts.«

»Da haben wir uns ja während der Schulzeit öfter gesehen!«

»Conny, bitte! Die vier Wochen kriegen wir doch rum!« flehte er sie an. »Mach es mir doch nicht so schwer. Du mußt mir glauben, daß ich auch nicht mit Begeisterung nach Frankfurt

Das Girl vom Baggersee

fahre, um mir in der Gärtnerei meines Onkels einen krummen Rücken zu holen.«

»Ja, ich merke, wie sehr du dich überwinden mußtest, die Stelle anzunehmen!« sagte sie mit beißendem Spott. »Aber ich sage dir, ich mache das nicht mit. Wenn du nach Frankfurt gehst, kannst du von mir aus gleich dableiben!«

»Red doch nicht so einen Unsinn!«

»Ich red' keinen Unsinn!« Wütend stampfte sie mit dem Fuß auf.

»Daß ich diesen Ferienjob angenommen habe, kann doch nichts an deinen Gefühlen geändert haben!« beschwor er sie. »Mein Gott, es ist nun mal geschehen und... und es tut mir jetzt ja auch leid, daß ich dich einfach vor vollendete Tatsachen gestellt habe. Das gebe ich ja zu. Es war nicht die feine Art, wie ich das gemacht habe, aber den Fehler habe ich nun mal gemacht. Aber deshalb kannst du doch so etwas nicht sagen, ich meine, daß du mir

ein Ultimatum stellst: entweder du oder der Job. Das ist doch völlig verrückt!«

»Das finde ich nicht!« Cornelia blieb hart, auch wenn es sie schmerzte, daß sie so mit ihm reden mußte. War es wirklich noch derselbe Tag, an dem sie sich so zärtlich in den Armen gelegen hatten und so glücklich gewesen waren? Es kam ihr jetzt wie ein Traum vor.

»Hättest du das vorher mit mir besprochen und mich vorgewarnt, wäre das vielleicht noch in Ordnung gegangen. Aber diese Tour mache ich nicht mit, Matthias. Und wenn du schon eingesehen hast, daß du einen Fehler gemacht hast, dann unternimm auch gefälligst etwas dagegen! Ruf deinen Onkel an, daß du doch nicht kommst.«

»Das geht einfach nicht!« antwortete er mit verkniffenem Gesicht.

Sie kämpfte gegen die aufsteigenden Tränen an. Jetzt bloß nicht heulen! »Weil du es nicht willst«, sagte sie ihm auf den Kopf zu. »Ich glaube, das war es dann wohl.« Sie wandte sich schnell ab und ging zu den anderen hinüber.

»Cornelia!« Er wollte sie festhalten.

»Laß mich doch in Ruhe!«

Ingo sah sie fragend an, als sie auf ihn zukam.

»Kannst du mir jetzt zeigen, wie das mit dem Surfen geht?« bat sie ihn und hoffte, daß ihre Stimme nicht allzusehr zitterte.

Er erhob sich und stellte seine Dose ab. »Klar, mit Vergnügen. Aber bist du auch sicher, daß du jetzt Bock aufs Surfen hast?« wollte er mit einem Seitenblick auf Matthias wissen, der unschlüssig und mit wütendem Gesichtsausdruck ganz in der Nähe stand.

»Ganz sicher!« antwortete sie.

Er zuckte die Achseln. »Okay, mir ist es recht. Gehen wir also.«

Als Cornelia und Ingo das Brett ins Wasser schoben, wandte sich Matthias abrupt um und entfernte sich mit eiligen, wütenden Schritten.

»Ist das dein Freund?« fragte Ingo.

Cornelia blickte sich um und sah gerade noch, wie Matthias zwischen den Sträuchern verschwand. Sie hatte ein entsetzlich flaues Gefühl im Magen, doch sie sagte: »Ja, das habe ich bis heute geglaubt.«

Ingo verkniff sich dazu einen Kommentar und zuckte nur mit den Achseln, während er einen unterdrückten Seufzer von sich gab, als wollte er sagen: So spielt das Leben nun mal!

Cornelia blickte voller Zweifel auf das Surfbrett, das ihr jetzt, wo sie selbst darauf stehen sollte, unglaublich schmal vorkam. »Bestimmt werde ich mich bis auf die Knochen blamieren«, befürchtete sie.

Ein Lächeln umspielte seine Lippen. »Es gibt Mädchen, die sind nur hübsch, und andere, die sind nur sportlich oder intelligent. Wenn mich meine Menschenkenntnis diesmal nicht total im Stich läßt, dann gehörst du jedoch zu den wenigen, bei denen alles zusammenkommt.«

Das Girl vom Baggersee

Sie errötete. »Ist das dein üblicher Spruch?« fragte sie spitz, weil ihr in ihrer Verlegenheit nichts anderes einfiel.

Sein Lächeln wurde breiter. »Nein, denn den hätte mir jemand wie du niemals abgenommen. Damit habe ich nur Chancen bei Mädchen, die nur hübsch sind. Bei dir muß ich mich schon mehr anstrengen.«

»Paß bloß auf, daß du dich dabei nicht überanstrengst – und zwar für nichts und wieder nichts«, warnte sie ihn.

Er lachte unbekümmert. »Mag sein, aber jemand wie du ist den Versuch allemal wert«, sagte er und fügte in Anspielung auf die Szene mit Matthias gerade hinzu: »So, und jetzt zeige ich dir, wie du zur Abwechslung mal auf dem Wasser und auf so einem Brett in Fahrt kommen kannst.«

Ich mag ihn, dachte sie, und das verwirrte sie.

»Mensch, du hast gestern ja ganz schön heftig mit Ingo geflirtet«, meinte Elke halb bewundernd, halb vorwurfsvoll, als sie ihre Freundin am nächsten Vormittag von zu Hause abholte.

Cornelia gab sich ganz überrascht, während sie die kurzärmelige Bluse über ihrem Bikinioberteil zuknöpfte. »So? Findest du?«

»Und ob!«

»Wir haben einfach nur ein bißchen Spaß zusammen gehabt«, spielte Cornelia die Sache mit Ingo herunter.

Ingo hatte es wirklich geschafft, sie ihre Enttäuschung und ihren Schmerz für ein paar Stunden vergessen zu lassen. Sie war bis halb acht mit der Clique am Baggersee geblieben, war dann aber nach Hause gefahren, obwohl die anderen sie noch hatten überreden wollen, mit in die Disco zu gehen.

Der Abend allein in ihrem Zimmer, mit ihren traurigen Gedanken und quälenden Fragen, und die Stunde vor dem Einschlafen waren

Das Girl vom Baggersee

dann um so schlimmer gewesen. Sie hatte sich schließlich in den Schlaf geweint – und dann ganz wirres Zeug geträumt. Und in dem Traum hatte nicht nur Matthias eine Rolle gespielt, sondern auch Ingo war darin aufgetaucht.

»Wenn das man nicht die Untertreibung des Jahres ist!«

»Ach was, ich finde Ingo ja wirklich ganz nett, aber das ist auch wirklich alles.«

»Na, wenn Matthias das gesehen hätte, der wäre völlig ausgeflippt.«

Cornelia machte ein zorniges Gesicht. »Das interessiert mich nicht! Er hat auch kein Recht, mir irgendwelche Vorschriften zu machen – jetzt schon gar nicht mehr!«

»He, he, nun laß mal Dampf ab, Conny! Ich bin es, Elke!«

»Entschuldige.«

Elke winkte ab. »Schon gut. Ich weiß ja, wie sehr dir das mit Matthias an die Nieren geht, aber wenn ich dir einen Rat geben darf...«

Cornelia ließ ihre Freundin nicht ausreden. »Ich hab' alles, was ich brauche, von mir aus können wir los. Ich freue mich schon aufs Surfen«, sprudelte sie hastig hervor und ließ unerwähnt, daß Ingo gestern noch angerufen hatte, um ihr mitzuteilen, daß sie sich auf dem Surfbrett wirklich toll gehalten hätte und daß er sich darauf freute, sie am nächsten Tag wieder am Baggersee zu sehen. »Mir tun zwar von gestern noch alle Knochen weh, aber es macht wirklich unheimlich viel Spaß, auch wenn ich ständig ins Wasser falle. Aber Ingo ist ein guter...«

Das Telefon klingelte.

Cornelia zögerte, dann hob sie ab. »Ja?«

Es war Matthias. Es war, als hätte er geahnt, daß sie gerade aus dem Haus gehen wollte. »Hallo, Cornelia!« Seine Stimme klang so freundlich, als hätte sich seit gestern nichts zwischen ihnen verändert.

Cornelia war einen Augenblick versucht,

Das Girl vom Baggersee

auf seinen fast unbeschwerten Tonfall einzugehen. Doch dann fragte sie kühl: »Was willst du?«

Er war von ihrer schroffen Frage offenbar so aus dem Konzept gebracht, daß es ihm wohl einen Moment lang die Sprache verschlug.

»Matthias?« fragte Elke leise.

Cornelia nickte.

»Ich möchte mich mit dir treffen«, sagte Matthias nun.

Cornelia blieb kurz angebunden und schroff im Ton. »Weshalb?« wollte sie wissen.

»Mein Gott, weshalb schon. Ich glaube, wir beide haben eine Menge zu bereden.«

»Ich denke, was es zu bereden gibt, haben wir gestern schon zur Genüge durchgekaut.«

»Da bin ich anderer Meinung.«

»Bleibst du dabei, daß du nach Frankfurt gehst?« fragte sie direkt.

»Ja, aber...«, setzte er zu einer längeren Erklärung an.

»Dann gibt es zwischen uns auch nichts

mehr zu bereden, Matthias. Bitte ruf das nächstemal nur dann wieder an, wenn du mir wirklich etwas Neues zu erzählen hast – oder aber gar nicht mehr!« stieß sie schroff hervor, und noch ehe er etwas erwidern konnte, legte sie auf.

»Mein lieber Schwan, du gehst ja ganz schön rauh mit ihm um!« bemerkte Elke mit hochgezogenen Brauen. »Findest du das richtig so?«

»Findest du es richtig so, daß er mit mir zehnmal über dieselbe Sache reden, aber von seinem Standpunkt keinen Millimeter abrücken will?« fragte Cornelia zurück.

»Nein, natürlich nicht«, räumte ihre Freundin widerstrebend ein.

»Na also!«

Das Telefon klingelte wieder.

»Ich wette, das ist er wieder«, sagte Elke.

»Und?« Cornelia nahm ihre Badetasche. »Laß es klingeln. Er weiß, was ich von der Sache halte. Und jetzt laß uns fahren!«

Elke sah einen Moment unentschlossen

Das Girl vom Baggersee

drein. Dann zuckte sie die Achseln. »Du mußt es wissen, Conny. Matthias ist dein Freund. Aber wenn das mit euch beiden so weitergeht, dann ist er es wohl die längste Zeit gewesen.«

»Ja, das fürchte ich auch«, murmelte Cornelia und zog die Tür hinter sich zu. Das Telefon in der Diele klingelte noch immer.

»Super!« rief Ingo begeistert, als sie ans Ufer zurückkehrten. »Weiter so! ... Ja, das Segel noch ein wenig mehr anziehen. Dann kriegst du gleich noch mehr Fahrt drauf. Spürst du es?«

Cornelia spürte sehr wohl, wie das Surfbrett an Geschwindigkeit zulegte. Doch noch intensiver spürte sie Ingos Nähe.

Er stand mit ihr auf dem Brett und hatte seine Arme um sie gelegt, um ihre Haltung während der Fahrt besser korrigieren und ihr bei den Segelmanövern helfen zu können. Daß sich ihre Körper dabei ständig berührten und somit ein ständiger Hautkontakt gegeben war, war unver-

meidlich – und kam Ingo zweifellos sehr gelegen.

Wenn sie sich auf die Technik konzentrierte, gelang es ihr zu verdrängen, daß es Ingo war, dessen muskulösen Körper sie so direkt spürte.

Doch als er sie jetzt so begeistert lobte, wurde sie sich nachdrücklich bewußt, wen sie da so hautnah spürte.

Ihre Konzentration ließ nach, und sie zog das Segel zu heftig zu sich heran. Und bevor Ingo eingreifen konnte, war es auch schon geschehen: Sie kippte nach hinten, verlor den Halt auf dem Board und stürzte ins Wasser. Dabei riß sie auch Ingo mit sich. Sie stürzte quasi in seine Arme, und er hielt sie fest.

Er hielt sie noch immer sanft an sich gedrückt, als sie im hüfthohen Wasser auf die Beine kam. Ihre Gesichter und ihre Lippen waren sich ganz nahe. Sie schauten sich in die Augen.

Cornelia glaubte schon, er würde sie im nächsten Moment küssen. Doch dann strich er ihr nur eine nasse Haarsträhne aus der Stirn und sagte: »Du bist im wahrsten Sinn des Wortes umwerfend, weißt du das?«

Sie lachte mit belegter Stimme. »Tut mir leid, ich glaube, so oft wie gestern und heute bist du noch nie ins Wasser gefallen.«

»Mit dir ist es das reinste Vergnügen, glaub mir«, versicherte er. »Doch ich fürchte, du machst viel zu schnell Fortschritte.«

»Ja, wirklich?«

Er nickte. »Ich glaube, jetzt ist es Zeit, daß du es solo versuchst. Ich geb' dich zwar äußerst ungern aus meinen Händen, aber es geht dir ja in erster Linie ums Surfen, nicht wahr?«

Sie drückte sich vor einer direkten Antwort, indem sie antwortete: »Wäre schon toll, wenn ich mich auch ohne deine Hilfe ein paar Minuten auf dem Surfbrett halten könnte.«

Er lächelte. »Okay, dann versuchen wir es doch. Ich habe heute extra mein Reservebrett mitgebracht. Das Segel ist nicht ganz so groß.

Ich bin sicher, daß du damit gut zurechtkommst.« Und er gab sich keine Mühe, vor ihr zu verbergen, wie äußerst ungern er sie jetzt losließ. Und es war keine zufällige Geste, daß seine rechte Hand dabei zärtlich von ihrem Rücken zur Hüfte hinunterglitt.

Cornelia ging mit ihm zum Parkplatz, um das zweite Surfbrett zu holen.

»Versuchst du es jetzt allein?« fragte Horst anerkennend, als sie am Platz vorbeikamen, wo er mit Sonja, Elke, Tinchen und einem schwarzhaarigen Jungen namens Tim in der Sonne lag. Tim schien sich für Elke zu interessieren – und sie für ihn.

»Ingo läßt mir keine Wahl«, erwiderte Cornelia.

»Es sieht schon ganz gut aus«, lobte Horst sie.

»Ja, in jeder Hinsicht«, fügte Sonja zweideutig hinzu und grinste dabei. »Schade, daß es keinen Paarlaufwettbewerb im Surfen gibt – auf einem Brett natürlich. Ihr seht dabei nämlich richtig toll

Das Girl vom Baggersee

aus – zum Dahinschmelzen. Bald könnt ihr Eintritt verlangen. Ihr müßt nur darauf achten, daß eure Vorstellung auch einigermaßen jugendfrei bleibt. Da sehe ich bei euch die größten Probleme.«

Die anderen lachten, während Cornelia das Blut ins Gesicht schoß.

»Faule Bande«, sagte Ingo lachend, dem die Bemerkung von Sonja nicht schlecht gefiel. »Denen wirst du es zeigen, Cornelia!«

Sie machte ihre Sache auch wirklich ganz gut, wenn sie auch mehrfach ins Wasser fiel. Ingo blieb immer auf einer Höhe mit ihr und rief ihr zu, worauf sie achten mußte.

»Nicht so weit vorbeugen! Mehr zurücklehnen und die Arme fast gestreckt halten!« warnte er sie eine gute halbe Stunde später, als der Wind etwas auffrischte. »Abstützen und...«

Er kam nicht mehr dazu, den Satz zu beenden, denn Cornelia überzog in dem Versuch, Ingos Anweisung in die Tat umzusetzen, und das

Segel kam ihr entgegen. Sie konnte sich auf dem Brett nicht mehr halten, ließ die Stange los und fiel ins Wasser.

Sie hörte einen unterdrückten Aufschrei.

Ingo!

Er war mit seinem Board sehr nahe gewesen, und das Segel ihres Surfbretts war direkt vor ihm heruntergesaust. Er hatte keine Chance mehr gehabt, der Kollision auszuweichen – und er hatte zudem noch das Pech, beim unkontrollierten Wegkippen unglücklich zu fallen.

Als Cornelia auftauchte, trieb er reglos im Wasser! Eisiges Entsetzen packte sie, und während sie um sein Surfbrett herumschwamm, schrie sie aus Leibeskräften.

Die nächsten Augenblicke erschienen ihr unendlich lang. Horst, Tim, Sonja, Tinchen und Elke waren aufgesprungen und kamen ihr zu Hilfe, allen voran Horst, der sich mit einem gewaltigen Hechtsprung ins Wasser warf und dann mit aller Kraft zur Unglücksstelle kraulte.

Das Girl vom Baggersee

Indessen hatte Cornelia Ingo erreicht. Sie schrie, ohne daß sie sich hinterher erinnern konnte, was sie geschrien hatte. Er war so schwer! Sie packte ihn und zerrte ihn zum treibenden Surfbrett, mühte sich ab, ihn zu halten und gleichzeitig seinen Kopf aus dem Wasser zu heben, damit er nicht vor ihren Augen ertrank!

Endlich waren Horst und Tim bei ihr, dann auch Sonja und Elke, und gemeinsam schleppten sie ihn ans Ufer.

Alles schrie durcheinander. Sie waren am Rande einer Hysterie.

»Ist er tot?«

»Idiot! Er kann nicht tot sein!«

»Und wenn er sich das Genick gebrochen hat?«

»Er ist nur bewußtlos!«

»Wir müssen ihn wiederbeleben!«

»Mein Gott, ich hab' so etwas noch nie gemacht!«

»Meinst du, ich?«
»Auf die Seite legen! Den Kopf tiefer!«
»Er atmet!«
»Wir müssen einen Arzt holen!«
»Ich glaube, er kommt wieder zu sich!«
»Gott sei dank!«
»Dennoch muß er sofort ins Krankenhaus! Er kann sich was gebrochen haben.«

Ingo kam wieder zu sich, doch ihm war entsetzlich schwindlig, und er mußte sich erbrechen. Minuten später saß Horst hinter dem Steuer das alten Ford Caravans und war mit Ingo auf dem Weg zum nächsten Krankenhaus.

Cornelia saß hinten bei ihm im Ford. Die Mittagssonne brannte heiß vom Himmel, doch sie fror, und kalter Schweiß bedeckte ihr Gesicht.

Das Girl vom Baggersee

Das Herz klopfte ihr bis zum Hals, als der Türsummer ertönte und sie die Haustür aufstieß. Langsam stieg sie die Treppen hoch.

Würde Ingo sie überhaupt sehen wollen? Und wie würden seine Eltern sie behandeln? Immerhin war sie ja an dem Unfall schuld.

Sie hatte Ingo gestern nicht mehr gesehen, nachdem sie ihn auf schnellstem Weg ins Marien-Krankenhaus gebracht hatten. Zusammen mit Sonja, Elke und Horst hatte sie dort ausgeharrt und auf das Ergebnis der Untersuchung gewartet.

»Keine Brüche, doch eine mittlere Gehirnerschütterung!« hatte die Diagnose gelautet, die ihnen eine freundliche Schwester mitgeteilt hatte. »Er braucht ein paar Tage Ruhe, dann ist er wieder auf den Beinen.«

»Können wir zu ihm?« hatte Horst gefragt.

»Nein. Er hat ein Beruhigungsmittel bekommen. Am besten geht ihr jetzt nach Hause. Morgen könnt ihr ihn besuchen.«

Beruhigt, daß Ingo nichts Schlimmeres zugestoßen war, und zugleich doch auch bedrückt waren sie zum Baggersee zurückgefahren, um ihre Sachen zu holen. Tim, der schon einen Führerschein, aber kein eigenes Auto besaß, hatte Ingos Wagen nach Hause gefahren.

Cornelia war noch mit zu Elke gegangen, weil sie nach diesem Erlebnis das Gefühl hatte, nicht allein sein zu können.

Sie hatten lange geredet, über Matthias und über Ingo. Und Elke hatte versucht, ihr die Selbstvorwürfe, die sie sich machte, auszureden.

»So etwas passiert nun mal, Conny.«

»Ja, aber warum ausgerechnet mir? Stell dir mal vor, er wäre noch härter mit dem Kopf aufgeschlagen. Es hätte sonstwas passieren können – und nur, weil ich so blöd war!«

»Das ist doch der reinste Quatsch, den du da von dir gibst! Surfen ist nun mal nicht mit Federballspielen zu vergleichen. Außerdem braucht man sich nicht unbedingt auf ein Surfbrett zu klettern, um sich den Hals zu brechen. Das kann einem auch beim Fensterputzen passieren.«

»Du hast gut reden, Elke.«

»Nun beruhige dich doch endlich! Du hast doch gehört, was die Schwester gesagt hat. Ingo ist in ein paar Tagen wieder fit. Also dramatisier die Geschichte nicht, sondern überleg dir lieber, wie es weitergehen soll.«

»Wie was weitergehen soll?«

»Na, das mit dir und Ingo – und Matthias. Und erzähl mir jetzt ja nicht, du würdest Ingo einfach nur so global nett finden oder was in der Art. Daß ihr beide auf Teufel komm raus geflirtet habt, wäre sogar einem Vollblinden nicht entgangen.«

»Und? Ist Flirten denn verboten?«

»Okay, lassen wir das lieber. Ich merk' schon, daß du nicht in der Verfassung bist, ruhig darüber zu reden. Aber ich an deiner Stelle würde mir mal Gedanken darüber machen, was ich

denn nun wirklich will und was das mit Ingo soll. Und bei der Gelegenheit solltest du dich auch gleich fragen, ob du dich in Ingo verliebt hast, oder ob du nur stinksauer auf Matthias bist und Ingo nur benutzt, um ihm eins auszuwischen.«

»Wie bitte? Wie kommst du denn auf so eine blöde Idee, Elke?«

»Ja, komisch, nicht? Wie kann mir bloß so ein total hirnrissiger, abwegiger Gedanke gekommen sein? Aber ich fürchte, die Antwort darauf kannst nur du allein geben. Also bemüh dich ein bißchen, Conny!«

Cornelia verdrängte die Erinnerung an das nicht eben angenehme Gespräch mit ihrer Freundin, als sie in den zweiten Stock kam.

Eine attraktive mittelgroße Frau in einem sportlichen Hosenanzug stand in der Wohnungstür. Das mußte Frau Jakobi sein, Ingos Mutter. Cornelia schätzte sie auf Mitte Vierzig.

»Frau Jacobi?«
»Ja, bitte?«

Das Girl vom Baggersee

»Ich ... ich habe vorhin angerufen.« Cornelia hatte am Morgen sofort im Krankenhaus angerufen und erfahren, daß Ingo inzwischen schon wieder entlassen worden war. Nach langem Ringen mit sich selbst hatte sie sich dann von Horst Ingos Nummer besorgt und bei ihm angerufen. Sie hatte Ingos Mutter an den Apparat bekommen, die nichts dagegen einzuwenden hatte, daß sie ihren Sohn besuchen kam.

»Ah, dann bist *du* also Cornelia«, sagte Frau Jabobi überaus freundlich und bat sie herein. »Ich weiß ja gar nicht, wie ich dir danken soll.«

Verwirrt sah Cornelia sie an. »Danken? Mir? Aber wofür denn?«

»Na, du hast Ingo doch das Leben gerettet!« sagte sie mit einem dankbaren Lächeln. »Wenn du nicht so geistesgegenwärtig gehandelt hättest, wäre er bestimmt nicht so glimpflich davongekommen.«

Sie seufzte. »Ich will gar nicht daran den-

ken, was dann hätte geschehen können. Gott sei dank, daß du sofort zur Stelle warst.«

»Ja, aber...« Cornelia hatte mindestens stumme Vorwürfe von Ingos Mutter erwartet und war nun von ihrer Dankbarkeit so überrascht, daß ihr einen Augenblick die Worte fehlten. »Aber ich hab' doch gar nicht viel getan. Tim und Horst haben ihn ans Ufer gebracht.«

Frau Jakobi berührte sie liebevoll am Arm. »Du brauchst gar nicht so bescheiden zu sein, Cornelia. Wir wissen, was du getan hast. Und nun geh zu Ingo rein. Er wartet schon auf dich.«

Ingo lag im Bett, das heißt, er war halb aufgerichtet. Ein halbes Dutzend Kissen stützten ihn. Anstelle eines Pyjamas trug er ein blaues T-Shirt, das die Farbe seiner Augen hatte.

»Dein Besuch, Ingo«, sagte Frau Jakobi und schloß dann gleich die Tür hinter ihr.

Einen Moment lang stand Cornelia unschlüssig da und sah ihn verlegen an. »Hallo Ingo«, sagte sie dann lahm.

Das Girl vom Baggersee

»Hallo, schön, daß du mich besuchen kommst. Ich hab' schon auf dich gewartet«, sagte er und machte eine ungeduldige Handbewegung. »Komm, setz dich. Nimm dir den Stuhl da drüben. Hier herrscht zur Zeit Selbstbedienung. Ich soll noch zwei Tage liegen, hat der Arzt mir geraten, und meine Mutter nimmt es sehr genau. Also steh nicht da wie angewurzelt, sondern mach es dir bequem.«

»Tut mir leid, daß ich dir das alles eingebrockt habe«, sagte Cornelia, nahm sich den Stuhl, der vor seinem Schreibtisch aus hellem Kiefernholz stand und stellte ihn links an sein Bett.

»Eingebrockt?« wiederholte er verwundert. »Du hast mir doch nichts eingebrockt.«

»Doch, ich habe einfach falsch reagiert, sonst wäre das überhaupt nicht passiert.«

Er schüttelte den Kopf und verzog das Gesicht, als hätte er Schmerzen. »Das ist doch nicht wahr, Cornelia. Du darfst noch nicht ein-

mal im Ansatz denken, du hättest an dem Unfall schuld. Ich hab' mir das ganz allein eingebrockt.«

»Du? Nein...«

»Doch«, beteuerte er und ließ sie nicht ausreden. »Ich hätte erst gar nicht so nahe an dich ransurfen sollen, dann wäre auch nichts passiert. Aber ich bin einfach unvorsichtig gewesen, denn es war doch klar, daß du noch so manches Mal vom Brett fallen würdest.« Er verzog das Gesicht. »Na ja, ich konnte dir eben nicht nah genug sein, und dafür habe ich dann eins über den Schädel bekommen. Aber sag jetzt bloß nicht, das wäre eine gerechte Strafe.«

Eine leichte Röte überzog ihre Wangen bei seinen letzten Worten. »Du kannst sagen, was du willst, aber ich fühle mich dennoch für den Unfall verantwortlich.«

»Im Gegenteil, du bist meine Lebensretterin«, widersprach er, »und ich wüßte keinen, von

Das Girl vom Baggersee

dem ich mir lieber das Leben retten lassen würde. Schade nur, daß du keine Mund-zu-Mund-Beatmung versucht hast.«

»Jetzt machst du dich über mich lustig!«

»Nein, das tue ich nicht«, sagte er ernst und blickte ihr in die Augen. »Ich mag dich, das mußt du mittlerweile doch wissen, Cornelia.«

Ihr war, als brannte ihr Gesicht, und sie wußte, daß ihre Wangen und ihre Ohren jetzt feuerrot leuchteten.

»Weißt du, daß du richtig süß aussiehst, wenn du so rot wirst?« fragte er leise.

Sie wich seinem Blick hastig aus und erinnerte sich, daß sie ihm ja etwas mitgebracht hatte, und schnell hob sie die Tüte hoch. »Ich hab' was für dich. Hoffentlich gefällt es dir.« Sie reichte ihm ein Päckchen.

»He, das steht aber so nicht im Knigge«, protestierte er. »Umgekehrt wird ein Schuh daraus. Der Gerettete macht seinem Retter ein Geschenk.«

»Laß doch endlich den Quatsch!« sagte Cornelia betont forsch, um ihre Verlegenheit zu überspielen. »Sieh lieber nach, ob ich nicht das Falsche gekauft habe.«

Er wickelte das Geschenk aus. Es waren die letzten beiden Asterix- Hefte. Sie hatte vorher mit Horst gesprochen, weil sie nicht gewußt hatte, was sie Ingo mitbringen sollte, und hatte erfahren, daß er ein Comic-Fan war und besonders Asterix liebte, ihm aber noch die letzten zwei, drei Hefte fehlten.

Offenbar hatte sie einen Volltreffer damit gelandet, denn Ingo strahlte über das ganze Gesicht. »Asterix! Super! Genau die Hefte, die ich noch nicht habe!«

»Da bin ich ja froh«, sagte sie.

»Danke, Cornelia! Das hättest du wirklich nicht machen sollen, aber es ist ganz lieb von dir. Die beiden bekommen natürlich einen Ehrenplatz in meiner Sammlung«, bedankte er sich überschwenglich.

Das Girl vom Baggersee

Cornelia blieb noch über eine Stunde bei ihm, und sie unterhielten sich über alles mögliche. Ingo wollte nach dem Abschluß der Höheren Handelsschule ins Hotelgewerbe einsteigen, weil er Talent für Fremdsprachen hatte und etwas von der Welt sehen wollte. Sein Zukunftsziel war es, eines Tages im Management eines Top-Hotels zu arbeiten – und dann alle vier, fünf Jahre in einem anderen Land.

Sie hatten sich eine Menge zu erzählen, daß sie gar nicht merkten, wie schnell die Zeit verging. Bis dann seine Mutter klopfte.

»Ja?«

Frau Jakobi steckte den Kopf zur Tür rein, lächelte Cornelia zu und sagte: »Horst hat gerade angerufen. Er fragt, ob er dich mit Sonja besuchen kommen kann. Soll ich ihm etwas ausrichten oder dir das Telefon bringen, damit du selbst mit ihm reden kannst?«

Cornelia sah, wie er zögerte und sie abwartend anschaute. »Du, ich muß jetzt sowieso

gehen«, sagte sie, als hätte sie seine Gedanken erraten. Sie wollte auf keinen Fall, daß er wegen ihr Horst und Sonja absagte.

»Jetzt schon?« fragte er enttäuscht.

»Ja, ich muß noch einiges erledigen«, log sie, obwohl sie in Wirklichkeit nicht wußte, was sie mit dem Tag anfangen sollte. Vielleicht würde sie zu Elke fahren.

Er seufzte. »Okay, sie sollen nur kommen«, sagte er zu seiner Mutter, die sich sogleich wieder zurückzog. Dann fragte er Cornelia: »Kannst du nicht noch etwas bleiben?«

Sie schüttelte den Kopf. »Ich bin doch wirklich schon lange genug geblieben.«

»Da bin ich anderer Meinung. Ich hab' das Gefühl, als wärst du erst vor ein paar Minuten gekommen.«

»Ich bin schon anderthalb Stunden hier.«

»Ich hab' überhaupt nicht gemerkt, wie die Zeit vergangen ist. Das ist ein gutes Zeichen, findest du nicht auch?« fragte er.

Das Girl vom Baggersee

Sie erhob sich. »Mhm, ja, aber jetzt muß ich wirklich los. Und du brauchst bestimmt Ruhe. Ich denke, das hat dir der Arzt verschrieben?«

»Der hat eben keine Ahnung, was mir in Wirklichkeit fehlt«, erwiderte er doppelsinnig.

Cornelia lachte. »Schon dich.«

»Du, kommst du mich wieder besuchen? Vielleicht hast du heute abend noch Zeit, auf einen Sprung vorbeizukommen?« Er sah sie bittend an.

»Mal sehen«, antwortete sie ausweichend.

»Du, es ist ganz wichtig für meine Genesung, daß du kommst!«

»Ich werde es mir überlegen«, versprach sie und war sich in diesem Moment schon so gut wie sicher, daß sie ihn am späten Nachmittag noch einmal besuchen würde.

»Je schneller ich wieder fit bin, desto eher können wir da weitermachen, wo wir aufgehört haben«, sagte er eindringlich und fügte dann noch hinzu: »Natürlich auch mit dem Surfen.«

Sie zog die Augenbrauen hoch. »Was willst du denn mit dem *auch* andeuten, Ingo?«

Er lächelte sie an. »Na ja, Surfen bedeutet mir schon eine ganze Menge, aber es steht nicht unbedingt ganz oben auf meiner Liste, wenn du verstehst, was ich meine.«

Sie glaubte schon, ihn zu verstehen, doch sie wollte sich das nicht anmerken lassen, weil es sie in äußerste Verwirrung stürzte. Sie war deshalb richtig froh, als die Wohnungsklingel in der Diele schrillte.

»Das sind bestimmt Horst und Sonja«, sagte sie. »Ich muß jetzt los.« Sie gab ihm die Hand.

»Sag mal, ist es nicht üblich, daß man einem Kranken einen Genesungskuß zum Abschied gibt?« fragte er.

Sie zögerte. Dann beugte sie sich zu ihm hinunter und drückte ihm einen schnellen Kuß auf die Wange.

Bevor sie sich jedoch wieder aufrichten konnte, legte er seinen Arm um ihren Nacken

Das Girl vom Baggersee

und hielt sie fest. Ihre Gesichter waren sich wieder so nahe wie am gestrigen Tag, als sie ihm in die Arme gefallen war.

»Meinst du nicht auch, daß du für diese Art Unschuldskuß schon zu alt bist?« fragte er.

Ihr Herz schlug heftig, doch sie tat nichts, um sich aus seinem Arm zu befreien. »So? Findest du?« fragte sie zurück, und ihre eigene Stimme klang ihr seltsam belegt und fremd.

»Ja, das finde ich«, antwortete er und zog sie ganz sanft zu sich herunter, bis sich ihre Lippen berührten.

Er küßte sie, und sie ließ es nicht nur geschehen, sondern erwiderte auch den sanften Druck seines Mundes.

Dann jedoch löste sie sich schnell von ihm, und ein Gefühl der Atemlosigkeit ergriff sie, während sie noch immer seine Lippen auf ihrem Mund zu spüren glaubte.

»Kommst du heute abend?« fragte er.

»Ich ... ich weiß es noch nicht«, murmelte sie

und mußte sich zusammenreißen, um nicht kopfüber aus dem Zimmer zu stürzen. In der Diele traf sie noch kurz Horst und Sonja, die sie gleichfalls überreden wollten, doch zu bleiben, worauf sie sich jedoch nicht einließ.

Als sie unten im Hausflur angelangt war, lehnte sie sich einen Moment lang im Dämmerlicht des Treppenhauses gegen die Wand mit den Briefkästen und fuhr mit den Fingern über ihre Lippen. Er hatte sie geküßt, und sie hatte es gemocht. Es war ein schönes Gefühl gewesen. Doch sein Kuß hatte sie gleichzeitig auch in einen Gewissenskonflikt gestürzt.

Hatte dieser Kuß das Ende ihrer Liebe zu Matthias besiegelt?

Sie küßten sich eine Ewigkeit, als wären ihre Lippen für immer miteinander verschmolzen. Seine Zungenspitze schob sich in ihren feuchten Mund

Das Girl vom Baggersee

und erkundete ihn. Dann kämpften ihre Zungen miteinander, und diesmal gewann sie das zärtlich leidenschaftliche Spiel.

Es war ein sehr symbolisches und erregendes Liebesspiel, in das sie versunken waren. Und sie waren so sehr auf Lippen und Zungen konzentriert, daß ihre Hände völlig untätig waren.

Doch dann schien er sich wieder daran zu erinnern, wie erregend zärtliches Streicheln war, denn auf einmal spürte sie, wie eine Hand sich auf ihre Brust legte und sie behutsam durch die Bluse hindurch massierte.

Augenblicke später ließ er seine Hand abwärts wandern, verharrte kurz auf ihrer Hüfte und traf dann auf nackte Haut.

Eine Weile streichelte er über ihr Knie, fuhr mit der ganzen flachen Hand über ihr Bein bis zum Fuß hinunter und kam dann auf der Innenseite wieder hoch.

Cornelia stöhnte unterdrückt, als seine Hand immer höher an ihrem Bein hochwanderte, unter

ihrem Rock verschwand und schließlich auf ihren Slip stieß. Sie spürte, wie seine Fingerspitzen über den glatten satinartigen Stoff strichen. Seine Berührungen ließen sie erschauern, und sie drehte sich zu ihm.

Sie hielt noch immer die Augen geschlossen, als er sie küßte und zugleich streichelte und die Hitze in ihr zu einer lodernden Flamme entfachte.

Dann zog er seine Hand plötzlich zurück. Doch schon im nächsten Moment spürte sie, wie er ihr die Bluse aufknöpfte. Ganz langsam. Er schien sich für jeden Knopf unendlich viel Zeit zu lassen. Schließlich zog er ihr die Bluse aus dem Rock und streifte sie ihr von den Schultern.

Wenig später spürte sie seine Hände auf ihrer Brust. Sie hakten ihren BH auf und entblößten ihre Brüste, die er sofort mit zärtlichem Druck umfaßte.

Jetzt erst gab er ihren Mund frei. Er küßte sie auf den Hals, und seine Zunge wanderte über

Das Girl vom Baggersee

ihre Haut. Dann schlossen sich seine Lippen um ihre Brust.

Sie streckte die Hände nach ihm aus, und es überraschte sie nicht, daß er nichts mehr trug. Sie stieß auf nackte, geschmeidige Haut und spürte seine Muskeln.

Irgendwann, während sie sich gegenseitig liebkosten, entledigte sie sich des Rockes, und auch der Slip folgte allen anderen Sachen, und sie fühlte sich befreit und wunderbar in ihrer sinnlichen Nacktheit.

Und dann war er auf einmal über ihr.

»Conny...«

Sie öffnete die Augen.

Doch sie sah kein Gesicht und erschrak zutiefst. Was geschah mit ihr?

Matthias?

Ingo?

Alles löste sich in gleißende Helligkeit auf.

»Conny!« Cornelia fuhr hoch, blinzelte in blendendes Sonnenlicht und brauchte einen Augenblick, um aus dem Traum in die Wirklichkeit zurückzufinden und sich zu erinnern, wo sie war. Zu Hause im Garten auf einer Liege.

Sie beschattete die Augen mit der flachen Hand und blickte hoch. »Hallo, läßt du dich auch mal wieder blicken? Hab' gar nicht gehört, daß du geklingelt hast.«

»Deine Mutter hat mich reingelassen. Sie arbeitet im Vorgarten.«

»Schön, daß du gekommen bist«, sagte sie, innerlich noch ganz aufgewühlt von dem intensiven erotischen Traum. Doch warum konnte sie sich nicht erinnern, wer sie so zärtlich geküßt und gestreichelt hatte? Sie hatte kein Gesicht gesehen...

Ihre Freundin stellte sich nun zwischen sie und die Sonne, so daß ein langer Schatten auf sie fiel. »Du bist eingeschlafen – und das mitten in der prallen Sonne. Du hättest dir einen höllischen

Das Girl vom Baggersee

Sonnenbrand holen können. Schau doch mal, wie rot du schon bist.«

Cornelia erschrak. »Himmel! Hoffentlich pellt sich die Haut nicht!«

»Du mußt dich gut eincremen. Komm, wir gehen rüber in den Schatten«, sagte Elke. »Ich muß sowieso mit dir reden.«

Cornelia stand von der Liege auf und ging mit Elke auf die schattige Veranda. Sie setzten sich in zwei bequeme Korbsessel. »Worüber denn? Über die Fete, die Ingo und Horst heute abend am Baggersee steigen lassen?«

»Gehst du hin?«

Elke lächelte verhalten. »Oh, doch, ich freue mich schon darauf. Tim ist richtig süß.«

»Ja, ihr paßt auch gut zusammen. Geht ihr jetzt zusammen?«

Elkes Lächeln wurde noch verträumter. »Er hat mich gestern, als er mich nach Hause gebracht hat, geküßt.«

»Gratuliere! Dann ist ja alles klar bei euch!«

Das Lächeln verschwand wieder von Elkes Gesicht.

»Ja, ich mag ihn sehr... und er mich. Aber ich bin nicht gekommen, um dir das zu erzählen, jedenfalls nicht in erster Linie.«

»Sondern?«

»Weil zwischen dir und Matthias und dir und Ingo alles unklar ist!« kam Elke sofort zur Sache.

»Elke, bitte...«

»Wink nicht wieder ab. Heute kommt Matthias zurück, wie du weißt. Er hat die erste Woche rum. Und er will mit dir sprechen.«

»Ich aber nicht!« erwiderte Cornelia trotzig.

»Ich weiß wirklich nicht, was das soll, Conny! Du läßt dich am Telefon verleugnen und antwortest ihm nicht auf seine Briefe, und dabei hat er dir jeden Tag geschrieben.«

»So? Woher weißt du denn das?«

»Weil er mir das gesagt hat. Er hat mich angerufen.«

Cornelia hob indigniert die Augenbrauen.

Das Girl vom Baggersee

»Das ist ja interessant. Du telefonierst also mit Matthias? Machst du jetzt mit ihm gemeinsame Sache, ja? Und ich dachte, du wärst meine Freundin!«

Der Vorwurf in Cornelias Stimme schmerzte Elke, doch sie zügelte ihren Zorn. »Red doch nicht so einen Unsinn! Natürlich bin ich deine Freundin. Aber das heißt doch nicht, daß ich deshalb nicht mit Matthias reden darf. Außerdem hat er mich angerufen, weil er dich ja nie an die Strippe bekommt und einfach nicht weiß, was er machen soll.«

»Ganz einfach, seinen Job aufgeben!«

Elke sah ihre Freundin prüfend an. »Sag mal, bedeutet er dir denn gar nichts mehr! Ich meine, du hast ihn dich einmal wirklich sehr gemocht. So etwas ist doch nicht von heute auf morgen aus, nur weil er vielleicht einen dummen Fehler gemacht hat und nicht weiß, wie er da herauskommen soll. Also, wenn du meine Meinung dazu wissen willst, so finde ich dein Verhalten schon ein wenig merkwürdig.«

Cornelia wich ihrem Blick aus. »So? Wieso denn?«

»Weil du keine klare Stellung beziehst – weder zu Matthias noch zu Ingo!«

»Und ob ich klare Stellung bezogen habe!« widersprach Cornelia ungehalten. »Ich habe Matthias doch wohl deutlich genug gesagt, was ich von seinem Vorgehen halte.«

»Und?«

»Und was?«

Elke lächelte freudlos. »Du läßt dennoch alles in der Schwebe – auch die Sache mit Ingo. Ich glaube, der ist mittlerweile schon genauso frustriert wie Matthias. Und ich finde das nicht fair. Du machst ihm Versprechungen, die du vielleicht gar nicht halten willst.«

Cornelia runzelte die Stirn. »Versprechungen? Ich hab' ihm keine Versprechungen gemacht!« stritt sie energisch ab. »Ich weiß gar nicht, wovon du redest, Elke.«

»Ich meine ja auch nicht wortwörtliche Ver-

Das Girl vom Baggersee

sprechungen«, erklärte Elke. »Aber du flirtest auf Teufel komm raus mit ihm, bist auch die ganze Woche mit ihm am Baggersee gewesen...«

Cornelia dachte an den Kuß, den er ihr vor einer Woche bei ihrem Besuch bei ihm zu Hause gegeben hatte. Dieser Kuß hatte sie verwirrt und ihr irgendwie auch angst gemacht. Sie war am Abend wiedergekommen, doch sie hatte es so eingerichtet, daß Elke dabeigewesen war. Zu einem weiteren Kuß war es auch in den Tagen danach nicht gekommen, als er das Bett wieder hatte verlassen können, und sie die heißen Tage am Baggersee verbracht hatten. Er hatte zwar immer wieder die Gelegenheiten gesucht, mit ihr allein sein zu können, doch sie hatte das bisher erfolgreich zu verhindern gewußt.

»Was ist daran so schlimm, Elke?«

»Nichts ist daran schlimm, wenn du mit Matthias fertig bist. Aber irgendwie kann ich nicht glauben, daß du so knallhart bist und ihn

einfach so abservierst, nur weil du in den nächsten vier Wochen kaum was von ihm hast.«

»Darum geht es doch nicht!« protestierte Cornelia heftig. »Es ist die Art, wie das ganze gelaufen ist. Matthias hat mich einfach vor vollendete Tatsachen gestellt!«

»Was er inzwischen aber bereut, und ich gehe jede Wette ein, daß er dir das bestimmt schon oft genug geschrieben hat. Willst du vielleicht, daß er auf den Knien angerutscht kommt? Jeder hat doch seinen Stolz, und man kann es auch übertreiben, Conny. Aber das ist letztlich deine Sache, wenn du die unerbittliche Tour reiten willst. Du mußt wissen, wie viel oder wie wenig dir Matthias noch bedeutet. Aber allmählich wird es Zeit, daß du dich klar für eine Seite entscheidest. Ich wundere mich überhaupt, daß Ingo das mitmacht, so wie du mit ihm spielst.«

»Ich spiele nicht mit ihm!«

»Doch, das tust du! Er mag dich sehr und wäre gern dein Freund, aber du weißt eben nicht, was du willst – Ingo oder Matthias. Und *ich* weiß nicht, was ich schlimmer finde – Matthias' Rücksichtslosigkeit, dich mit dem Job einfach zu überrumpeln und zu enttäuschen, oder deine Unentschlossenheit. Zwei Eisen im Feuer zu haben, halte ich nicht gerade für ein Zeichen von Charakterstärke und ehrlichen Gefühlen«, rügte Elke unverblümt. »Ja, ich glaube, was du machst, ist schlimmer als dieser eine dumme Fehler von Matthias.«

»Und du willst meine Freundin sein?« rief Cornelia wütend über die Kritik.

Elke nickte. »Klar bin ich das, und du weißt es auch. Aber als deine Freundin muß ich dich ja wohl nicht für unfehlbar halten, als wärst du der Papst, oder? Du hast guten Grund gehabt, sauer auf Matthias zu sein. Aber mittlerweile bist du von euch beiden die Verbohrte. Und so, wie du dich ihm und Ingo gegenüber verhältst, hast du keinen Grund, auf dich stolz zu sein. Im Gegenteil! Du solltest dich eigentlich schämen.«

»Jetzt reicht es mir aber!«

»Das glaube ich dir gern«, sagte Elke mit betrübter Gelassenheit. »Aber das ist nun mal die Wahrheit. Und wenn du dein Hinhaltespiel noch länger so betreibst, wirst du am Schluß beide verlieren – Ingo *und* Matthias. Irgendwann nämlich wird Matthias aufhören, gegen eine Mauer aus Starrsinn, Schweigen und Ablehnung anzurennen, und Ingo ist nicht der Typ, der sich lange zum Narren halten läßt. Ich schätze, du wirst dich sehr bald entscheiden müssen, wenn du nicht alles verlieren willst, Cornelia. Und wenn du deine Entscheidung triffst, dann solltest du es mit deinem Herzen und nicht mit deinem Trotzkopf tun. Aus *dem* Alter müßtest du doch längst heraus sein.«

»Du hast sie ja nicht mehr alle! Ich will von deinem dummen Gerede nichts mehr hören! Ich geh' duschen. Tschüs!« fertigte sie ihre Freundin wutentbrannt ab und lief nach oben in ihr Zimmer. Sie warf sich auf ihr Bett, vergrub ihr Gesicht im Kopfkissen und weinte.

Das Girl vom Baggersee

Doch es war nicht Elkes harsche Kritik, die ihr die Tränen in die Augen trieb, sondern das instinktive Wissen, daß Elke recht hatte. Sie würde sich entscheiden müssen – und zwar schon bald.

Die Fete am Baggersee war ein irrer Erfolg. Horst, Ingo und die anderen Jungs von der Surfer-Clique hatten sich viel Mühe gemacht. Ihr Stammplatz am Baggersee war mit über einem Dutzend bunter Lampions geschmückt, die in den Büschen, Birken und in der Weide hingen. Es wurden Würstchen und Spieße gegrillt. Dazu gab es Kartoffelsalat, den Sonja mitgebracht hatte, Baguette und Bier vom Faß. Wer nicht selbst irgend etwas mitgebracht hatte, warf seinen Unkostenbeitrag in das dicke rote Sparschwein, das auf einer der Boxen der batteriebetriebenen Musikanlage stand, die Tim gehörte.

Cornelia hatte nach dem Streit mit Elke erst gar nicht kommen wollen, es sich dann aber doch noch einmal überlegt und war dann doch mit ihrem Mofa zu ihrem geliebten Baggersee herausgefahren. Sie trug ein hübsches farbenfrohes Sommerkleid. Für alle Fälle hatte sie noch eine Jeansjacke dabei, falls es nach Einbruch der Dunkelheit wider Erwarten erheblich abkühlen sollte. Doch es blieb warm, auch nachdem die Sonne längst hinter dem Horizont verschwunden war.

Mit Elke wechselte sie nur wenige Worte. Irgendwie nahm sie es ihr doch krumm, daß sie so hart mit ihr ins Gericht gegangen war, obwohl sie wußte, daß Elke es nur gut mit ihr meinte und ihre Vorhaltungen nicht so leicht von der Hand zu weisen waren.

Ihre Freundin nahm es mit Gelassenheit. Außerdem war sie viel zu sehr mit Tim beschäftigt, um groß Zeit für Cornelia zu haben.

Cornelia machte sich nützlich, indem sie

Das Girl vom Baggersee

beim Grillen zur Hand ging. Doch als es dann ans Tanzen ging, gab es keine Ausrede mehr für sie, weshalb sie nicht an Ingos Seite sein konnte.

»Komm, laß uns auch tanzen«, sagte er, nahm ihre Hand und zog sie auf die Wiese am Ufer, wo schon zehn, elf andere Paare tanzten. Eine Weile tanzten sie schweigend, und er hielt sie in seinen Armen, als langsame Songs erklangen.

Cornelia bemühte sich, an nichts zu denken und es zu genießen, ihn zu spüren und mit ihm zusammenzusein. Doch sie wurde eine eigenartige Unruhe einfach nicht los. Und immer wieder mußte sie daran denken, was Elke zu ihr gesagt hatte – daß es an der Zeit war, eine endgültige Entscheidung zu treffen. Doch wie konnte sie sich bloß zwischen Matthias und Ingo entscheiden?

Sie schrak plötzlich aus ihren Gedanken. »Was hast du gesagt?«

»Ich sagte, daß dir das Kleid ganz toll steht, Cornelia.«

»Oh, ja?«

»Mhm. Siehst darin richtig sexy aus. Aber du siehst eigentlich in allem sexy aus.«

»Sprücheklopfer«, erwiderte sie burschikos.

Er sah sie ernst an. »Was ist mit dir?«

»Mit mir? Was soll denn mit mir los sein?«

»Du bist mit den Gedanken ganz woanders.«

»Ach, ich hab' nur geträumt«, sagte sie ausweichend.

»Na, ich weiß nicht. Du hast dich die letzten Tage auch so rar gemacht.«

»Aber ich war doch jeden Tag hier!«

»Ja, aber irgendwie hatte ich den Eindruck, als hättest du panisch darauf geachtet, bloß nicht mit mir allein zu sein.«

»Warum hätte ich das tun sollen?«

Er sah sie an, als forschte er in ihrem Gesicht nach der Antwort. »Ja, das habe ich mich auch gefragt, Cornelia. Vielleicht hat es etwas mit dem Kuß zu tun.«

Das Girl vom Baggersee

Sie schwieg.

»Weißt du, daß ich jeden Tag ständig daran denken muß«, sagte er leise, fast flüsternd und zog sie näher an sich heran. »Es war so schön, dich zu küssen... und ich hatte das Gefühl, daß es dir auch gefallen hat.«

»Es war ein Genesungskuß«, sagte sie lahm.

Er schüttelte heftig den Kopf. »Nein, das war er nicht, und das weißt du so gut wie ich, Cornelia. Ich... ich habe dich geküßt, weil ich dich küssen wollte. Weil ich dich sehr gern habe. Aber damit erzähle ich dir bestimmt nichts Neues. Das hast du schon längst gewußt... und gespürt, nicht wahr?«

»Ja«, hauchte sie.

»Warum weichst du mir dann immer aus? Ich bin dir doch auch nicht gleichgültig, das spüre ich doch. Ich liebe dich, Cornelia«, gestand er. »Ich hab' mich sofort am ersten Tag in dich verliebt.«

Ihr Herz hämmerte wie wild, und ihre

Gefühle befanden sich in einem Aufruhr, wie sie ihn bisher noch nicht erlebt hatte. Sie wußte nicht, was sie ihm antworten sollte.

»Ingo...«

»Sag nichts, bitte! Laß mich dich küssen!« flüsterte er.

Ihre Lippen zitterten leicht, als er sich zu ihr beugte und sie küßte. Dabei preßte er sie an sich, streichelte ihren Rücken durch das Kleid hindurch und ließ eine Hand auf ihrem Po ruhen.

Sie schloß die Augen und versuchte, sich zu entspannen und seinen Kuß und seine Zärtlichkeit zu genießen. Hatte sie denn nicht davon geträumt, daß er es ihr sagen und so lieb zu ihr sein würde? Mußte sein Kuß nicht das wilde Feuer in ihr entflammen, das von Liebe und Leidenschaft sprach?

Sie erwiderte seinen Kuß, und ihre Zungenspitzen berührten sich, während er zur selben Zeit die rechte Hand von ihrem Rücken nahm und sie auf ihre Brust legte. Es war kein grobes Grab-

Das Girl vom Baggersee

schen, sondern er ging ganz behutsam und vorsichtig vor, mit viel Gefühl. Erst ließ er sie dort nur liegen, dann begann er ihr Brust zu streicheln, vollführte mit den Fingerkuppen kreisende Bewegungen.

Cornelia erinnerte sich daran, was sie gespürt hatte, wenn sie mit Matthias zusammen gewesen war und er sie so berührt und gestreichelt hatte. Ihre Brustwarzen waren augenblicklich steif und hart geworden, und ein erregendes Prickeln hatte sie von Kopf bis Fuß erfüllt.

Doch dieses Gefühl blieb jetzt aus. Und sie mußte immer nur an Matthias denken, an das, was seine Lippen und seine Hände, ja sein ganzer Körper bei ihr an Gefühlen auslöste. Sie war jetzt ganz sicher, daß sie am Nachmittag von ihm geträumt hatte und nicht von Ingo. Er mochte getan haben, was er wollte, aber sie liebte ihn immer noch! Elke hatte recht gehabt – der Augenblick der Entscheidung war gekommen.

Ganz langsam nahm sie ihren Kopf zurück. Ihre Lippen lösten sich, und dann legte sie ihre Hand auf seine, die ihre Brust umfaßt hielt.

»Du bist ganz lieb, Ingo«, sagte sie mit erstickter Stimme.

»Ich möchte immer so lieb sein, Cornelia«, gab er zurück, »und noch viel mehr.«

Sie wollte ihm nicht wehtun, doch sie wußte, daß es keinen anderen Weg gab. »Ich hätte es nicht zulassen dürfen, Ingo, daß wir uns küssen und so. Es war falsch. Von Anfang an.«

Bestürzt sah er sie an. »Aber warum denn? Ich denke, du magst mich?«

Sie nickte ernst. »Ja, ich mag dich wirklich, und gerade deshalb war es falsch, das zu tun. Denn ich kann nicht deine Freundin sein, jedenfalls nicht so, wie du es möchtest.«

Er nahm seine Hand von ihrer Brust und schluckte schwer. »Cornelia . . .«

»Laß mich bitte ausreden«, fiel sie ihm ins Wort. »Ich mag dich wirklich, aber ich liebe dich

Das Girl vom Baggersee

nicht, Ingo. Mag sein, daß ich geglaubt habe, so etwas wie Liebe für dich zu empfinden oder empfinden zu können, aber da habe ich mir selbst etwas vorgemacht. Das sehe ich jetzt ein. Ich hätte es erst gar nicht zulassen dürfen, das mit dem ersten Kuß bei dir. Es war nicht richtig. Einiges andere übrigens auch nicht. Ich glaube, ich habe mich wirklich ganz schön unreif benommen und einige saudumme Fehler gemacht. Fehler, die ich sonst immer nur bei anderen gesehen und für ganz unmöglich gehalten habe.«

Er schüttelte verwirrt den Kopf. »Du, ich ... ich weiß gar nicht, wovon du redest, Cornelia. Du hast in meinen Augen nicht einen Fehler gemacht und ...«

Erneut fiel sie ihm ins Wort. »Der größte Fehler, den ich gemacht habe, ist, daß ich mich gegen meine eigenen Gefühle gewehrt und den Trotzkopf gespielt habe. Ich liebe einen anderen, Ingo, auch wenn der mich ganz bitter

enttäuscht hat. Aber das ändert nichts daran, daß ich ihn liebe...«

Ingo schwieg betroffen, holte dann tief Atem und sagte schwermütig: »Irgendwie habe ich es gespürt, auch wenn ich es nicht wahrhaben wollte.«

»Es tut mir wirklich leid.«

Er zwang sich zu einem Lächeln. »Ich werd' schon darüber hinwegkommen. Dein Freund ist wirklich zu beneiden. Tja, das wär's dann wohl. Bis später mal«, sagte er, drehte sich um und ging schnell weg.

Cornelia holte ihre Jacke. Für sie war die Fete gelaufen.

»Bist du schon weg?« fragte Elke.

»Ja.«

»Noch immer sauer auf mich?«

Sie lächelte. »Nein, du hast ja recht gehabt. Ich bin nur sauer, daß ich nicht schon längst selbst daraufgekommen bin.«

»Wo willst du denn hin?«

Das Girl vom Baggersee

»Mauern einreißen und Schweigen brechen«, antwortete Cornelia, lächelte ihr zu und beeilte sich, daß sie mit ihrem Mofa zurück in die Stadt kam.

Bei der nächsten Telefonzelle hielt sie an. Ihre Hand zitterte vor Aufregung, als sie die Münzen einwarf und die Nummer wählte.

O Gott, laß ihn bitte, bitte zu Hause sein! flehte sie in Gedanken. Was war, wenn er an diesem Freitag erst gar nicht von Frankfurt nach Hause gefahren war?

Nach dem vierten Klingeln wurde abgenommen. Er war selbst am Apparat. »Ja, hallo?«

»Matthias, ich bin es...«

»Cornelia!« Es war wie ein Aufschrei.

»Können wir uns treffen?« fragte sie mit leiser Stimme.

»Mein Gott, ja, natürlich! Sofort! Oh, Cornelia, du weißt ja gar nicht, wie ich mich freue, dich zu hören. Es war die längste Woche meines Lebens. Noch eine halte ich nicht durch. Ich glaube,

ich... ich fahre nicht nach Frankfurt zurück«, sprudelte er hervor.

Sie umklammerte den Hörer. »Laß uns darüber in aller Ruhe reden, ja? Ich bin gleich bei dir. In fünf Minuten.«

»Du... ich... ich liebe dich, Cornelia.«

»Und ich liebe dich, Matthias«, erwiderte sie mit Tränen in den Augen. »Du hast mir so schrecklich gefehlt.«

»Du mir auch. Komm ganz schnell – aber paß auf und fahr vorsichtig!«

»Ja, Matthias.«

Sie legte auf und trat in die warme Nacht hinaus. Der Himmel war wie schwarzer Samt, auf dem Diamantsplitter glitzerten. Sie wischte sich die Tränen aus den Augen. Es würde alles wieder gut werden. Sie liebten und sie brauchten sich, und das allein zählte...